THOMAS SAUTNER

Nur zwei alte Männer

*Gedruckt mit freundlicher Unterstützung von
Stadt Wien Kultur.*

Klimaneutral
Druckprodukt
ClimatePartner.com/17357-2211-1002

MIX
Aus verantwortungsvollen Quellen
FSC® C106954
FSC www.fsc.org


Grafische Gestaltung: Dorothea Löcker, Wien
Umschlagabbildung:
© Ja'Crispy /iStockphoto
Druck und Verarbeitung:
Florjančič Tisk d.o.o., Maribor
ISBN 978-3-7117-2132-7

Informationen über das aktuelle Programm
des Picus Verlags und Veranstaltungen unter
***www.picus.at***

THOMAS SAUTNER

# Nur zwei alte Männer

ROMAN

PICUS VERLAG WIEN

# ERSTER TEIL

## – 0 –

Die Erde stürzte um die Sonne, Dunkles ums Licht, als Joseph Wasserstein ein Gefühl von Endzeitlichkeit ergriff. Einst war er berühmt gewesen, einst Fotograf. Und was war er nun? Alt. Dreiundachtzig. Er saß im Garten seiner Wiener Villa und fluchte leise. Gerne hätte er laut, richtig laut geflucht.

Die Erde indes schoss mit Höllentempo vorwärts. Ein torkelndes Sechs-Trilliarden-Tonnen-Ei, das wie zum Zeitvertreib zentrifugal im Kreis gejagt wurde, an nichts als am Gravitationsfaden eines Sterns hängend. Ein ungeheuerlicher Zaubertrick war das, eine tollkühne Zirkusnummer Gottes. Zu lange vorgeführt freilich, um noch als Wunder zu gelten. Niemand verlangte jubelnd nach einer Zugabe.

»Es reicht«, sagte Joseph Wasserstein laut. »Es reicht, alter Mann.«

Sprach er zu sich? Oder pöbelte er gegen den Allmächtigen? »Ja, alter Mann, es reicht!«

Frühlingsschnee. Plötzlich kam er wie Theaterwatte vom Himmel.

»Trotzdem«, sagte Wasserstein. »Trotzdem reicht es.«

Er trug ein schwarzes Hemd wie immer. Das hatte er sich aus seiner fotografischen Zeit beibehalten, als er im Schwarz der Kleidung aus dem Licht verschwand.

Schneeflocken landeten auf seinen Hemdsärmeln. Welch schöne Unmöglichkeit, Schneeflocken im Juni; zwei, drei, vier sickerten ein. Fünf, sechs, sieben Schneeflocken landeten auch auf Joseph Wassersteins geäderten, faltengezeichneten Handrücken. Acht, neun, zehn. Und in seinem langen, nach hinten gestrichenen weißen Haar.

***

Hakim Elvedin schnippte mit den Fingern, wirbelte singend um sich selbst und wie selbstverständlich ging dabei kein Tröpfchen seines bis zum Goldrand gefüllten Mokkas verloren.

»Habibi, es schneit!«, rief er mit heller Stimme und aufgerissenen Augen, als wollte er seine drei Katzen anstecken mit der guten Laune. Ataraxia, die weiße, blinzelte; Aponia, die schwarze, zuckte im Schlaf mit dem Ohr; Eudämonia, die rote, sah kurz auf.

Hakim Elvedin lehrte freien orientalischen Tanz. In seine Kurse kamen zumeist Frauen und zumeist waren diese Frauen um die fünfzig und auf der Suche nach sich selbst wie alle Menschen. Hakim war sechsundsiebzig, aber er tanzte wie ein geschmeidiger Vierzigjähriger. Und im Kopf tanzte Hakim Elvedin nicht etwa wie ein noch jüngerer, im Kopf tanzte er wie jemand jenseits der Zeit.

»Was für ein Geschenk!«, rief Hakim. »Es schneit!«

Er blickte durch die hohe, aus verschiedenen alten Rahmen gezimmerte Fensterfront seines Häuschens, sah Joseph Wasserstein drüben im anderen Garten und winkte. Joseph aber stierte bloß grimmig vor sich hin und bekam nichts mit.

Hakim kam die Idee, sich selbst zu persiflieren – und kombinierte sein rhythmisches Winken zum griesgrämigen Nachbarn mit bauchtänzerischen Bewegungen. Beim dritten Hüftschwung stellte er fest, dass jemandem zu winken – führte es zu solch herrlicher Blödelei – gar keiner Reaktion bedurfte. Alles steckte in der Idee selbst. Was für eine *Wunderbarherrlichkeit!*, dachte Hakim Elvedin und seine braunen Augen schimmerten wie Bernstein bei Fackellicht.

»Servus, Nachbar!«, rief Hakim. »Danke, dass ich dir winken durfte! Du eignest dich außerordentlich gut, um dir zu winken. Hast du das gewusst? Dass du ein außergewöhnlich gut anzuwinkender Mensch bist?«

Joseph Wasserstein hatte wie so oft keine genaue Vorstellung, was Hakim Elvedin ihm sagen wollte. Das konnte nicht daran liegen, wie Hakim sprach, sondern musste daran liegen, wie Hakim dachte, vermutete Joseph Wasserstein. Sein Nachbar nämlich sprach perfektes österreichisches Deutsch und seine Muttersprache, das Arabische, brach sich bei Hakim nicht als Akzent Bahn, sondern floss als melodiöser, honigsüßer Singsang zutage, samt Wortkombinationen und Satzpirouetten, von denen Joseph Wasserstein nie zu sagen wusste, ob sie Hakim passierten oder ob er sie kunstvoll ersann.

Mit einer Decke unterm Arm spazierte Hakim durchs Gartentor, das die beiden Grundstücke verband: Hakims liebevoll mit Rosenbögen und Jasmin gestaltetes Gärtlein und Joseph Wassersteins grob vernachlässigten Villenpark, in dem das Gras unkrautumwuchert und kniehoch stand.

Hakim Elvedin, sechsundsiebzig, freudig federnden Schrittes, präsentierte Joseph Wasserstein, dreiundachtzig, mürrisch und stocksteif, die gefaltete Decke, als läge darauf die Königskrone.

»Es ist Juni«, knurrte Wasserstein. »Im Juni brauch ich keine Decke mehr.«

»Juni hin oder her. Es schneit, Joseph, schau doch

nur, wie wunderherrlichbar es schneit!« Hakim breitete Joseph die Decke über Rücken und Schultern, tänzelte um den steinern Sitzenden, zupfte mit seinen schlanken Fingern an dieser und an jener Falte und überprüfte sein Werk aus wechselnden Perspektiven, sich hin und her und auf und ab wiegend wie ein Maître Coiffeur um seine Kundschaft.

»Mir wird ganz schwindelig, wenn du so herumturnst«, grummelte Joseph Wasserstein – was Hakim zu einer neuerlichen Umrundung motivierte.

Hakim Elvedin trug eine Pluderhose wie aus *Tausendundeiner Nacht*, dazu ein karamellfarbenes, rosa geblümtes Leibchen und darüber eine waldgrüne Joppe, als stammte er nicht aus Damaskus, sondern aus den Alpen. Um den Hals lag dem alten Tänzer ein Schaltuch, das er unter seinem langnasigen Gesicht zu einem Doppelknoten gebunden hatte. »Der Schal soll dir wohl was Künstlerisches geben«, hatte Joseph Wasserstein einmal gestichelt und Hakim pfiffig geantwortet: »Künstlerisch, genau! Und ich kann, weißt du, dahinter meinen ein ganz klein bisschen schon schrumpeligen Schildkrötenhals verschalen.«

Hakims Füße steckten – als wäre die übrige Kleidung nicht eindrucksvoll genug – in regenbogenfarbenen Wollsocken. Und die steckten bis zum Anschlag in Plastik-Flip-Flops. So besaß Hakim bei schnellem Hinsehen in jeder Sandale nur zwei absurde Wollzehen. Die Socken-Füßchen des Tänzers: die einer Kinder-Comic-Figur.

»Hakim, um Himmels willen, bitte hör mit dem Herumgehopse um mich auf. Du brauchst mich nicht so zu bemuttern. Außerdem tust du, als wäre ich ein alter Knacker.«

»Du bist ein alter Knacker, mein Lieber!«, flötete Hakim.

Joseph Wasserstein rollte mit den Augen.

***

Von den Wolken aus besehen, die in diesen Minuten über Wien zogen, wirkten die beiden alten Männer wie kuriose Wesen, die in einer sonderbaren Beziehung zueinander stehen mochten. Ihre Gärten, der im Okzident liegende Joseph Wassersteins und der Richtung Orient weisende Hakim Elvedins, waren vom Himmel aus besehen eins, der Zaun zwischen den Grundstücken nicht existent. Zentral und eindeutig hingegen der altehrwürdige Lindenbaum in der Mitte des einst ungetrennten, die gesamte Gegend einnehmenden Gartens. Diesem Baum schienen alle Himmelsrichtungen gleich lieb, harmonisch griffen seine Äste in die Weite. Der Umfang des Stammes mochte drei, vier doppelte Armlängen messen. Ohne es voneinander zu wissen, hatten sich Hakim und Joseph, als sie jünger gewesen waren, an ein und demselben Tag mit dem Rücken gegen diesen Stamm gelehnt – Hakim von der einen, Joseph von der anderen Seite kommend. Beide empfanden Dankbarkeit und ein Gefühl des Angekommenseins, als sie nach oben blickten ins magnetische Blau zwischen den Zweigen, ins austreibende Grün dieses würdevollen, damals schon betagten Baumes.

»Es ist fast elf«, sagte Joseph Wasserstein. »Frühschoppenzeit. Wenn du heute schon so unausstehlich aktiv sein musst, hol uns wenigstens zwei Flaschen Bier aus der Küche.«

»Wirklich? Jetzt schon Bier? Glaubst du, das tut uns gut?«

»Ich bin ein alter Knacker, hast du doch gerade festgestellt. Soll ich mit dem Bier warten, bis ich tot bin?«

»Na also«, sagte Joseph Wasserstein Minuten später.

»Prost«, sagte Hakim Elvedin.

»Prost«, gab Joseph Wasserstein zurück.

Die beiden alten Männer stießen die Bierflaschen aneinander. Nach ihrem Ritual an den Seiten der

Flaschenhälse, zweimal schnell, einmal langsam. *Klack-klack. Klack.* Leise klang es durch ihre Gärten, leise über die Linde hinweg, und ein Fünkchen leiser noch über alle Himmel. Die Erde indes, samt ihnen darauf, drehte sich ungebremst mit Überschall.

# – 1 –

Die Leute behaupteten, im Alter verlaufe das Leben schneller, Joseph Wasserstein aber wusste, dass das Schwachsinn war und Tatterer wie er sich täuschten. Bloß von der Schlappheit in Kopf und Gliedern rührte der Eindruck. Bloß weil sie selbst daherkamen wie die Schneckenpost, glaubten sie, dass das Leben rundum immer rascher ablief. Das war alles, verdammt aber auch!

Das Spannendste zuletzt waren noch seine Träume gewesen. Geträumt hatte Joseph sie in grobkörnigem Schwarz-Weiß – jenem Stil, in dem er während seiner besten Zeit fotografiert hatte, Aufnahmen in einem Spektrum von hellstem Tag bis dunkelster Nacht und dazwischen eine unerschöpfliche Vielfalt aus Grau. Wie oberflächlich Farbaufnahmen doch waren. Schwarz-Weiß-Fotografien hingegen führten das Sehen ins Essenzielle, offenbarten den Kern der Menschen und der Dinge. Und nun also träumte er in Schwarz-Weiß.

Die Frau in seinem Traum war sympathisch gewesen, entspannt und natürlich; Typ breitschultrige, sommersprossige Wassersportlerin. Sie hatte einen selbstsicheren, freundlichen Blick. Mit dieser Natürlichkeit kam sie auf ihn zu und befriedigte ihn mit der Hand. In Schwarz-Weiß.

Und was war nun das Ikonografische an diesem Bild, was die tiefere Bedeutung? Als sich Joseph Wassersteins Aufwühlung gelegt hatte, war die Nachricht zu erkennen. Nicht eigentlich um Sex ging es in diesem Traum. Sondern um Barmherzigkeit. Um letzte Gnade. Darum, nur noch darum.

»Hakim, wir kennen uns doch jetzt schon eine Zeit lang.«

»Vierzig Jahre, mein Freund. Vierzigmal Frühling, Sommer, Herbst und Winter.«

Joseph Wasserstein nickte träge.

»Weißt du was, Hakim?«, sagte er schließlich.

»Was denn, mein Alter?«

»Mich freut's nicht mehr.«

»Was freut dich nicht mehr?«

»Das Leben.«

Hakim stemmte eine Hand in die Hüfte. »Bist du deppert? Das Leben freut dich nicht mehr? Und das sagst du ausgerechnet, wenn wir miteinander ein Bier trinken?«

»Ja, aber gleich trinken wir es nicht mehr. Dann ist das Schöne auch schon wieder vorbei für den Tag. Dann kommt nichts mehr.« Joseph Wasserstein blickte in seinen verwilderten Garten, als blickte er in eine verstörende Welt. »Hakim, seien wir uns ehrlich, ich hab da einfach nichts mehr zu suchen.«

»Wenn du nichts mehr zu suchen hast, kannst du trotzdem was finden. Ich zum Beispiel finde, du könntest deinen verschrumpelten Tattergreispopo heben und endlich wieder einmal fotografieren!«

Joseph Wasserstein schüttelte den Kopf. »Ich bring kein gutes Bild mehr zusammen.«

»Oder du machst es wie alle Pensionisten und ziehst dir oberflächlich lustige Serien rein, sentimentale Schnulzen, Softpornos.«

»Hab schon alles gesehen. Viel zu viel hab ich schon gesehen.«

»Oder! ...« Hakim hob erfreut die Augenbrauen und setzte sein mitreißendstes Gesicht auf. »Oder du suchst dir eine Freundin!«

»Ich bin schon froh, wenn ich mit meiner Prostata halbwegs zurechtkomme und mir nicht in die Unterhose mach. Was soll ich da mit einer Frau?«

»Nicht für Sex, Joseph. Für« – Hakim Elvedin breitete die Arme aus – »für Liiiiiiebe!«

»Unsinn.«

»Ich kann für dich suchen. Eine Freundin, Joseph. Im Internet. Eine liebe. Ich kann das, Joseph. Ich mach das für dich!«

»Nein, such mir lieber die Nummer für den Notar raus, ich vermach dir meine Bude. Und davor noch die Nummer einer Sargfirma. Ich will einen ordentlichen Sarg.«

»Ich will deine Villa nicht. Viel zu groß. Da musst schon selbst drinnenbleiben. Und in einen kleinen, gemütlichen Sarg kommst du noch früh genug.«

In diesem Augenblick brach ein Sonnenstrahl durch die Wolkendecke. »Schau!«, jubelte Hakim. »Die Sonne kommt zu uns! Jetzt beginnt der Sommer, darauf wett ich mit dir um ein Bier. Gerade fiel noch Schnee und jetzt … der Sommer, Joseph! Bald schaust du meinen Mädels und mir wieder beim Tanzen zu, gut? Gut, Joseph?« Hakim vollführte eine Drehung, schwang die Arme komödiantisch zum Himmel, stellte sich in seinen wollbesockten Flip-Flops *en pointe* auf die Zehen, als imitierte er eine Ballerina und suchte während seiner Aufmunterungsnummer vergebens Joseph Wassersteins Augen, Joseph Wassersteins mit einem Mal tränenfeuchte Augen.

»Du machst das richtig, Hakim, mit deiner Kasperei und Tanzerei und so.« Joseph lächelte müde. »Genau so muss man mit dem Leben umgehen, Hakim, genau so wie du. Aber mir, weißt du, mir liegt das nicht. Ich sitz nur noch blöd herum, immer noch in Schwarz angezogen, als gäb's ein Werk zu vollbringen, und dabei bring ich nicht einmal mehr den Willen auf, laut zu fluchen, wie es sich gehören würde, auf die ganze Scheiße.«

»Scheiße sagt man nicht«, entgegnete Hakim, bewegte rügend den Zeigefinger vor Josephs Gesicht. »Kreuzkümmelnocheinmal. Das darfst du sagen, Joseph. Versuchs einmal. Kreuzkümmelnocheinmal! Na komm, einmal nur! Ganz laut und wild! Kreuzkümmelnocheinmal!«

…

…

»Joseph … komm schon! Einmal wenigstens sag es! Kreuz!KümmelNoch!Ein!Mal!«

»Kreuzkümmelnocheinmal«, flüsterte Joseph.

Hakim besah ihn. »Kreuzkümmelnocheinmal, bist du ein schlechter Verflucher.«

»Flucher.«

»Was?«

»Flucher. Man sagt Flucher. Nicht Verflucher.«

»Flucher passt für dich nicht. Du bist ein schlechter Verflucher.«

»Kreuzkümmelnocheinmal!«, brummte Joseph Wasserstein.

»Na also«, sagte Hakim Elvedin.

***

Als er jung gewesen war – und jung waren in Joseph Wassersteins dreiundachtzigjährigen Augen alle Rotzlöffel bis fünfundsechzig –, war das Leben eine Kinderkarussellfahrt gewesen. Er selbst war impulsiv und laut und lässig gewesen, hatte die Dinge fest im Griff und die Zukunft exakt im Blick gehabt, kurzum: Er war beschenkt gewesen mit dem Zauber der Fehleinschätzung. Ach, es war herrlich gewesen! Er und seinesgleichen hatten die Welt regiert. Was für eine unbeschwerte Zeit!

Damals hatte er die wichtigsten und spannendsten Leute fotografiert, was sie in den Augen dritter noch wichtiger und noch spannender gemacht hatte und ihn, den Fotografen, zum Starfotografen – und damit selbst zum Star. Es war ein simpler Taschenspielertrick gewesen. Business, Showbusiness.

Freilich mochten darüber hinaus horizontweite Dinge existieren. Dinge, die größer waren als die eigene Pracht und Vorstellungskraft. Fernab des Lichtes der Berühmten, Reichen und Schönen war er ja auch tatsächlich über Menschen gestolpert, die ihm still imponierten; Menschen, die, ohne etwas zu tun, über allen Mächten zu stehen schienen: erhabene Alte.

Joseph Wasserstein glaubte damals, etwas zu sehen in ihren oft milchigen, oft geheimnisvoll funkelnden Augen. Diese Alten schienen weit hinauszublicken über unser Erdendasein. Es verlieh ihnen eine Aura der Weisheit und – so empfand es Joseph damals und so empfanden es die Betrachter seiner großformatigen Porträts – es verlieh ihnen eine Aura unnachahmlicher Gelassenheit.

Heute freilich wusste Joseph es besser, denn heute war er alt, wie sie es damals gewesen waren. Die Knacker, die auf seinen Fotos dieses geheimnisvoll Sphärische hatten, drückte garantiert nur ein Darmwind. Und das verklärte Leuchten ihrer Augen rührte daher, dass sie sich diebisch darauf freuten, gleich gewaltig einen fahren zu lassen. »Weisheit! Na klar! Auf dass der Geist mit Karacho himmelwärts aus uns fahre!«

Was war er nur für ein Häufchen Mensch. Sein Leben schien nur noch aus dem notdürftigen Zusammenhalten seines Körpers zu bestehen, aus Inkontinenz, Mattigkeit, Vergesslichkeit, aus permanenten Wehwehchen, unterbrochen von echten Schmerzen und der erbärmlichen Glorifizierung der seit Jahrmillionen vergangenen Jugend. Und dann auch noch diese Rührseligkeit! Zum aus der Haut Fahren! Schier alles konnte ihn rühren. Weil ihn alles an die zerbrechliche Schönheit des Lebens erinnerte. Die nichtigste Beobachtung trieb ihm Tränen in die Augen. Aber Hauptsache, er trug noch seine löwenprächtige Mähne! Als ob er noch immer der wilde Hund von damals wäre! Eine Glatze sollte er sich rasieren lassen wie diese Verrückten in den Irrenanstalten. Eine Stoppelglatze und dazu rund um die Uhr einen Anstaltspyjama tragen und Filzpantoffel. Oder Birkenstocksandalen, ja, noch besser krankenhausweiße Birkenstocksandalen, die wären noch beschissener, noch authentischer. *Authentizität!* Die hatte er doch stets großmäulig gefordert und für seine Arbeit beansprucht – als …

*Star*fotograf! Was für ein Schwachsinn! Verdammte Kreuzkümmel-Scheiße!

Der sporadische Kontakt mit früheren Freunden und Bekannten machte die Sache nicht besser. Alle waren sie wie er: Jammerlappen. Erzählten von ihren Bypässen, Stents, Herzschrittmachern anstatt von Liebschaften, Cocktailabenden, Reisen. Parkinson und Oberschenkelhalsbruch statt Theater- und Literaturabende. Bluthochdruck, Schwindelanfälle und Reizdarm statt Kino, Tanz und Oper. Verflucht noch einmal! Allesamt waren sie wie schrottreife Autos, die nur noch infolge aufwendigster Services und Reparaturen notdürftig dahineierten anstatt im herrlichsten Fahrtwind neue Wege zu befahren, schöne Ziele zu erreichen. Ziel war nur noch die Schrottpresse.

Immerhin, zwei Gruppen von alten Bekannten und Freunden gab es ja doch, die Joseph Wasserstein schätzte. Die erste Gruppe, die, wenn schon nicht wöchentlich, so doch beinahe monatlich wuchs – und schließlich konnte er alles auch positiv sehen, wie sein Psychotherapeut ihm geraten hatte –, diese erste Gruppe bildeten die Toten. Die Toten respektierte Wasserstein zutiefst. Sie waren so würdig, so gelassen. Ganz gleich, ob sie nun im Himmel sein mochten oder Humus. Beides war schlicht, beides war okay. Positiver konnte man das doch gar nicht sehen. Augenscheinlich hatte sein Therapeut gute Arbeit geleistet, und das trotz nur einer einzigen, noch dazu abgebrochenen Sitzung.

Die zweite Gruppe, die Joseph Wasserstein mochte, wuchs kein bisschen und bestand aus einer einzigen Person. Diese Person hieß Hakim. Hakim Elvedin. Sein Freund und Nachbar. Wenn er an ihn dachte und an das, was Hakim hingebungsvollen Tanz nannte, also sein hüftschwingendes Herumgehopse, wurde Joseph – *Kreuzkümmelnocheinmal!* – sentimental zumute. Dachte er gar daran, dass Hakim vor ihm abdanken könnte, wurde es Joseph Wasserstein regelrecht schlecht.

Trost. Trost und Gnade. Seine Lieblingsworte sagen mehr über einen Menschen aus als alle ihn beschreibenden Worte. Gnade und Trost. Joseph dachte gerne diese Worte, dachte oft an die Gnade der Auslöschung im rechten Moment.

Da müsste doch nachzuhelfen sein. Er könnte sich vor einen Lkw werfen. Aber das gehörte sich nicht, was konnte der Lkw-Fahrer dafür? Das Gleiche galt für Zug, U-Bahn, Straßenbahn und sämtliche andere Verkehrsmittel. Eine Überdosis Medikamente? Zu unsicher. Von einer Brücke springen? Bevor er das Geländer mit seinen alten Knochen überwinden könnte, käme garantiert einer dieser verdammten Jogger und zerrte ihn zurück. Erschießen ginge rascher. Aber erstens hatte er keine Schusswaffe, zweitens ekelte ihn vor der Sauerei, die andere aufwischen müssten, und drittens hasste er Lärm. Ernsthaft! Er wollte keinesfalls während eines ohrenbetäubenden Knalls ins Gras beißen. Das war nicht witzig gemeint! Er wollte das nicht. Keinen Lärm! … Kreuzkümmel!

Ein gediegener Klassiker wäre freilich, sich in der Badewanne die Pulsadern aufzuschneiden. Dann müssten die, die ihn fänden, den Dreck einfach nur abbrausen und die Wanne auslassen. Aber er splitternackt? Da hatte er doch Bedenken. Wegen der Würde und durchaus auch wegen der Scham. Ja, kleinlich, schon klar, aber so war es nun einmal. Und es war schließlich seine Sache, wie er abkratzen wollte, allein seine!

Freilich könnte er sich auch angezogen in die Wanne legen. Vielleicht auf elegant, gleich dem Anlass entsprechend ganz in Schwarz, gleich im Anzug und ausnahmsweise mit Krawatte. Dann müssten die Leute vom Bestattungsunternehmen ihn auch nicht mehr umständlich umziehen. Klitschnass wäre halt alles. Verdammt: und blutig ja auch! Blutige Begräbniskleidung, die würden sie ihm nicht durchgehen lassen. Also müssten sie ihm als Wasserleiche die Fetzen vom Leib schneiden. Auch unangenehm.

Eine Badehose! Das ginge. Das wäre eine Lösung. Fotografisch vorstellen wollte er sich die Szene aber nicht, kein Augenschmaus. Eine Badehose, was für eine schwachsinnige Idee! Sein Leben war lächerlich genug, da musste er sich nicht auch noch beim Sterben zum Clown machen.

Aufhängen. Aufhängen wäre eine Möglichkeit. Vor zwei Jahren, an einem nebeligen Novembertag, der wie geschaffen war für einen Selbstmord, hatte er es in einem ideal verzweifelten Moment versucht. Er hatte das Abschleppseil aus dem Kofferraum geholt, die Ausziehleiter vom Keller nach oben in die Villa geschleppt und wollte in den Garten zur großen Linde. Als er auf die Terrasse trat, rutschte er auf dem halb vereisten, halb glitschigen Fliesenboden schon beim ersten Schritt aus und brach sich den Arm. Freilich erzählte er niemandem von der Vorgeschichte des kleinen Haushaltsunfalls. Dessen Folgen waren erbärmlich genug; unter anderem wusste er nun, wie schwierig es war, sich alleine mit der linken Hand den Kopf zu waschen und die Unterhose anzuziehen. Aber Aufhängen wäre nach wie vor eine Option. Das nächste Mal müsste er es versuchen, wenn keine Gefahr bestand, auszurutschen. Am besten an einem einladend freundlichen Sonnentag.

***

Zuletzt wehrte sich nur noch ihr Körper gegen den Tod. Julia Stern hielt die Hand ihrer achtzigjährigen Mutter, als deren Lungen ein letztes Mal aufbegehrten. Dann ein Innehalten, ein Schweben zwischen den Welten. Und schließlich das finale Geräusch eines nicht mehr gebrauchten Körpers; ein Geräusch, nicht mehr menschlich. Ein technisches Auspfeifen von Luft.

Tags zuvor hatten sie ein letztes Mal miteinander reden können, sich verabschiedet. Mit geschlossenen Augen hatte ihr die Mutter auch eröffnet, dass sie etwas loswerden müsse. Dass sie ihr anvertrauen müsse, dass ihr vor Jahren verstorbener Vater nicht ihr leiblicher Vater gewesen sei.

Das gibt's doch jetzt nicht, dachte Julia.

»Entschuldige«, sagte ihre Mutter, nach wie vor mit geschlossenen Augen, »bitte entschuldige.« Ihr tatsächlicher Vater sei mit hoher Wahrscheinlichkeit ein ehemaliger Freund. Er heiße Joseph. Joseph Wasserstein. Ja, der Fotograf. Ja, *der* Joseph Wasserstein.

# – 2 –

»Was soll denn noch kommen?«, seufzte Wasserstein. »Ehrlich, Hakim, was?«

»Joseph! Mir reicht's jetzt mit deinem Frustrationieren!« Hakim sprang aus dem Korbsessel, stemmte die Arme in die Hüften und setzte seinen Schelmenblick auf. »Du tust«, rief er, »als wärst du ein Greis von dreiundachtzig Jahren und hättest nur noch ein Ei im Sack!«

»Ich bin ein Greis von dreiundachtzig Jahren. Und ich habe nur noch ein Ei im Sack.«

»Ach ja, stimmt.«

»Das mit dem Ei hättest du mir jetzt nicht auch noch reinreiben brauchen.«

»Bringt dich auf andere Ideen.«

»Keine besseren.«

»Lustigere. Ei im Glas.«

Die zwei alten Männer saßen auf Josephs Terrasse in der Junisonne und tranken Kräutertee. Sanfter Wind berührte hin und wieder den altmodischen Vorhang hinter der offen stehenden Glasfront, stupste ihn wie versuchsweise an, als könnte er nicht glauben, dass es solche staubigen Fetzen überhaupt noch gab.

Im Inneren der Villa läutete ein Telefon.

»Willst du nicht abheben?«, fragte Hakim.

»Abheben vielleicht, hingehen nicht.«

»Du weißt aber schon, Joseph, dass ein mobiles Festnetztelefon dazu da ist, es mobil bei sich zu haben?«

»Weiß ich.«

Das Telefon läutete unverdrossen.

»Könnte etwas Spannendes sein«, sagte Hakim. »Etwas, das Schwung in dein eineiiges Leben bringt.«

»Glaub ich kaum.«

»Seit wann hast du den neuen Klingelton?«

»Seit der letzten Reparatur. Hat mir ein Servicemitarbeiter mit Oberlippenflaum und Stimmbruch installiert.«

»Du hättest auch Ennio Morricones *Lied vom Tod* nehmen können.«

»*Planet der Affen* schien mir passender.«

»Für dich?«

»Für die Weltlage.«

...

Hakim Elvedin und Joseph Wasserstein nippten an ihrem Tee; der eine zuversichtlich der Dinge harrend, der andere demonstrativ lustlos. Im Inneren der Villa läutete das Telefon.

...

»Du hast also dein Telefon reparieren lassen. Das heißt, du kannst dir gut vorstellen, dass dich jemand antelefoniert. Und vielleicht wünschst du es dir sogar, stimmt's? Dass dich jemand antelefoniert?«

»Überaus scharfsinnig, Monsieur l'inspecteur Hakim.«

»Aber wieso«, Hakim lachte auf, »wieso hebst du dann nicht ab, wenn's läutet und du dir wünschst, dass es läutet?«

»Es läutet jetzt schon ziemlich lang. Wenn's wichtig ist, wird's morgen auch noch läuten.«

»Morgen?! Seit wann bist du so zuversichtlich, Joseph? Morgen bist du vielleicht schon ganz viel mausetot. Dann wirst du nicht mehr erfahren, wer heute was von dir wollte.«

»Von mir will niemand was. Und wenn ich morgen tot bin, schaue ich mir vom Himmel aus an, wer's war.«

»Ich heb jetzt ab.« Hakim sprang auf und lief ins Haus.

»Ja?«, flötete er, »halloooo?«

Niemand antwortete.

»Hallooooo?,« wiederholte Hakim.

»Ach, Verzeihung! Verzeihen Sie, ich habe auf Lautsprecher geschalten und gar nicht mehr damit gerechnet, dass jemand abhebt. Guten Tag! Hallo! Spreche ich mit Joseph Wasserstein?«

Die Stimme erfreute Hakim. Es war die Stimme einer freundlich klingenden Frau.

»Naiiin«, sang Hakim in hohem Ton, »hier spricht nicht Joseph. Hier spricht Hakim.« Hakim spazierte, den Mobilteil des Telefons am Ohr, auf die Terrasse. »Josephs lieber Nachbar Hakim spricht hier.«

Joseph Wasserstein verdrehte die Augen.

»Joseph ist gerade … er ist ein bisschen … unüberwindbar. Aber nicht unabkömmlich.« Hakim schnitt Grimassen und deutete mit der freien Hand energisch auf den Hörer, hielt ihn dann wieder eng ans Ohr.

»Nein, nein, kein Problem«, sagte er. »Wissen Sie was, rufen Sie einfach in fünf Minuten noch einmal an, dann ist Joseph sicher zurück von seiner Verschwundenheit. Seiner ein bisschen Unpässlichkeit. … Aber ja, aber sicher. Sehr, sehr gerne. Hat mich sehr gefreut! Bis nachher. Ja, einfach in fünf Minuten. Bis dann, ich bin dann, glaube ich, auch noch wieder da. Ja, gut. Schön! Freut mich! Tschüüüüüs!«

Hakim legte das Telefon glückstrahlend auf den Terrassentisch.

»Bist du deppert?«, rief Joseph. »Du kannst doch nicht sagen, ich komme von einer Unpässlichkeit zurück. Unpässlich heißt, dass es mir nicht gut geht und ich gerade auf dem Häusl bin.«

»Macht ja nix.«

…

»Wer war das überhaupt?«

»Eine Frau.« Hakim genoss die knappe Antwort.

Joseph Wasserstein legte die Stirn in Falten und

versuchte, sich seine Freude nicht anmerken zu lassen.

»Hat sich sicher nur verwählt«, sagte er.

»Verwählt?!«, krähte Hakim. »Sie hat nach dir gefragt!«

»So was kommt vor.«

»Nein, so was kommt nicht vor.«

»Na gut. Was wollte sie?«

»Hab ich nicht gefragt.«

»Wahrscheinlich eine Vertreterin. Von einer Versicherung oder so.«

»Du meinst sicher von einer Ablebensversicherung, Joseph.«

»Ganz genau.«

»Na, in fünf Minuten wissen wir's.«

»Falls ich abhebe.«

»Du wirst abheben. Joseph, du wirst!« Hakim grinste. Ach, wie er sich freute. Action!

# – 3 –

Hakim hat tatsächlich recht gehabt, sagte sich Joseph, als er am Telefon ihr erstes, zweites, drittes Wort hörte. Sie klingt nett, sehr nett. Sie hat, dachte Joseph nach drei, vier Sätzen von ihr, eine zurückhaltend fröhliche Stimme.

Und dann war es leise am anderen Ende. Sie sprach nichts mehr.

»Wie bitte?«, fragte Joseph, weil er ihr nicht gefolgt war, nur auf den Farbton ihrer Stimme geachtet hatte und benommen gewesen war von seinen eigenen Gedanken, die kreuz und quer schossen, wegen des Klangs dieser Frau, der ihm mehr schien als ein Klang, der ihn nahm, ihn freundlich entführte, wie nur ein weiblicher Klang es kann.

»Verzeihung«, stammelte Joseph, »wie bitte?« Dabei hatte er sich doch vorgenommen, souverän zu wirken, routiniert. »Ich war gerade von meinem Nachbarn abgelenkt«, log er, »können Sie Ihre Frage bitte wiederholen?«

So erfuhr Joseph, dass sie ihn gar nichts gefragt hatte. Nur vorgestellt hatte sie sich. Und tat es auf seine Bitte hin abermals, nannte ihren Vornamen und ihren Nachnamen, sagte etwas über Wien, über ein Archiv und sie sprach auch noch weiter, aber da bemerkte Joseph, dass er schon wieder nicht bei der Sache war. Keine einzige ihrer Aussagen hätte er zu wiederholen gewusst. Wie sie hieß? Wer sie war? Was sie wollte? Keine Ahnung. Wie hatte das nur passieren können?! Was war nur los mit ihm?! Und was tun, was jetzt sagen?! Es schoss ihm heiß übers Gesicht.

»Ich rufe zurück«, sagte er unvermittelt, drückte auf *Anruf beenden*, beobachtete sich dabei selbst wie einen anderen. Was tue ich da!?, schoss es ihm ein. Was bin ich nur für ein komischer Mensch? Joseph Wasserstein zitterte.

»Das war aber kein langes Telefonat«, sagte Hakim.

***

Wie nervös sie gewesen war! Als wäre sie ein Mädchen und nicht eine im Leben stehende zweiundfünfzigjährige Frau! Wie aufgeregt sie gewesen war, als sie kurz davorstand, ihn anzurufen. Als sie zum ersten Mal: ihren Vater sprechen wollte.

Würden sie einander sympathisch sein? Würde er ihr – und sei es nur einer Kleinigkeit wegen – vertraut erscheinen?

Papa war ihr Papa gewesen, ihr lieber Papa, daran würde sich nichts ändern. Dieser Mensch aber war aller Wahrscheinlichkeit nach ihr leiblicher Vater. Julia Stern lachte verdutzt auf, unmittelbar danach durchlief sie ein Schauer. Sie würde den Menschen kennenlernen, ohne den es sie nicht gäbe, denjenigen, der zu Beginn ihres Lebens gestanden war, denjenigen: der ihr das alles eingebrockt hatte.

Zuerst einmal aber war ihre Nervosität unnötig gewesen. Denn er hatte nicht abgehoben.

Beim zweiten Mal hatte sie es länger läuten lassen. Und wieder hatte ihr Herz zu stark geschlagen. Und wieder war es unnötig gewesen. Vater ging nicht hin.

Je mehr vergebliche Versuche es wurden, je öfter das andere Ende der Leitung ins Nichts zu führen schien, desto ruhiger wurde sie. Nach dem vielleicht siebenten oder achten Mal wäre sie bereit gewesen. Gefasst genug, um mit ihm zu sprechen. Doch er hob nicht ab.

Als dann, mittlerweile unverhofft, ihr Anruf entgegengenommen wurde, war es nicht er. Ein gewisser Hakim hatte geantwortet, ein reizender Mensch, der rührend höflich und wohlwollend und für einen Mann überraschend zärtelnd mit ihr gesprochen hatte. Hakim hatte gesagt, er sei der Nachbar, aber vielleicht – Julia Stern gefiel die Idee – vielleicht war dieser offen herzliche Mensch, für den sie sofort eine Zuneigung empfand wie für eine Freundin, vielleicht war er ja ... der Lebensgefährte ihres alten Vaters. Sie solle, hatte Hakim mit fröhlichem Singsang geraten, doch bitte in fünf Minuten wieder anrufen.

Fünf Minuten also. Während sie wartete und die Sekunden absaß, erwachte ihre Nervosität, begann erneut dieses dumme Zittern ihrer Lippen. Für das Telefonat mit – ja, das war er nun einmal – mit Vater hatte sie sich ein paar Sätze zurechtgelegt. Der Plan war, ihn kennenzulernen, ohne ihr wahres Motiv zu verraten.

*Guten Tag, Herr Wasserstein,* hatte sie sich vorgenommen zu sagen. *Verzeihen Sie, dass ich störe. Mein Name ist Julia Stern. Ich leite das Kunst- und Zeitgeschichtearchiv des Wien Museums und bin dabei, einen Fotoband zusammenzustellen. Der Arbeitstitel ist »Leben in Wien, Kunst im Alltag der letzten hundert Jahre«. Meine Hoffnung war, dass Sie uns dafür Fotomaterial aus Ihren privaten Beständen zur Verfügung stellen. Das wäre ungemein hilfreich und freundlich von Ihnen. Schön wäre, wenn ich für eine Sichtung und ein Gespräch bei Ihnen vorbeikommen dürfte.*

Was sie tatsächlich am Telefon zu ihm gesagt hatte, hätte Julia Stern nun, Sekunden danach, nicht mehr zu wiederholen vermocht. Irgendetwas jedenfalls war schiefgegangen. Er hatte einfach aufgelegt! Hatte gelangweilt zwar noch gemurmelt, er rufe zurück, aber das war nur so dahingesagt, er hatte ja nicht einmal ihre Nummer.

Julia Stern warf sich eine Schokopraline mit Rumlikörfüllung ein. Das war keine Lösung, aber nach der vierten Schokorumpraline begann es, sich danach anzufühlen. Sie würde, beschloss Julia Stern und gönnte sich noch eine Glückspatrone, einfach noch einmal anrufen. Ja, wieso denn nicht? Was hatte sie denn zu verlieren? Worauf sollte sie warten? Ihr Joseph Wassersteinchen war schließlich nicht mehr gerade das, was man einen Jung-Papi nennen konnte. Wer weiß, wie lange er es noch machte.

Eine Praline ging locker noch.

*Mama, iss nicht die ganze Schachtel auf, nachher machst du dir wieder Vorwürfe.* Sie sagte es laut zu sich und dachte dabei an ihre erwachsene Tochter, die seit heuer an der Uni Soziologie lehrte und trotz aller Fachkenntnis noch immer daran glaubte, dass ihre Eltern irgendwann wieder zusammenkämen.

*Liebes,* antwortete sie, *ich mache mir keine Vorwürfe mehr wegen meiner Figur, ab sofort nicht mehr. Ich stehe jetzt zu meinen Kurven. Hat lange genug gedauert. Ich bin zweiundfünfzig, was soll's!? Und jetzt, zur Feier des Fortschritts, noch ein Pralinchen.*

*Mama, du bist der einzige Mensch, den ich kenne, der von den Dingern beschwipst wird.*

*Ja, mein Liebes, na und?! Ist ein netter Zusatznutzen!*

Sie biss eine Praline mitten durch. Die Zuckerkruste unter der Edelbitterschokolade gab sich ihr knacksend hin. Julia Sterns Lippen fingen den herausströmenden Rumlikör auf, Zunge und Gaumen sogen ihn ein, danach kam sinnlich weich die Walnusscreme.

»Mmmhhhpfau!«, stöhnte Julia und rollte die Augen. »Mah, ist das gut!«

***

»Und wie willst du sie jetzt zurückrufen?«, fragte Hakim. »Du hast ja gar nicht ihre Nummer.«

***

Die Schachtel war geschafft. Mit dem Schwung der letzten Rumpraline wählte Julia Stern erneut die Nummer Joseph Wassersteins. Wie locker flockig ihr das jetzt von der Hand ging!

# – 4 –

Das straßenseitige Tor zum Vorgarten sei unversperrt, sie solle einfach reinkommen. Einfach fest dagegen drücken. Sie brauche nicht läuten, er sei im Freien, würde sie ohnehin nicht hören, wenn sie läutete. Einfach um die Villa herum, sie finde ihn hinten im Garten oder auf der Terrasse.

Joseph Wasserstein hatte sich ausgemalt, dass er besser auf sie wirken würde, nicht so alt, wenn er sie sitzend im Korbsessel erwartete, wie ein Sir, anstatt ihr – womöglich wieder einmal schwindelig – wie ein Besoffener entgegenzuschwanken.

Das Treffen war für zwei Uhr nachmittags vereinbart. Seit ein Uhr und zwölf Minuten probierte Joseph Wasserstein rund um den Terrassentisch Sitzpositionen und Körperhaltungen, dank derer er möglichst vorteilhaft rüberkommen würde. Möglichst ungezwungen. Und locker.

Immer wieder stand er auf, richtete dies und positionierte das, schob den Karton mit den vorbereiteten Fotos etwas mehr zur Tischmitte und wieder retour, zupfte sich Haare vom Hemd – warum zum Teufel haarte er ausgerechnet heute so stark?! –, ging dann zur Sicherheit ein weiteres Mal aufs Klo, immerhin, ein paar Tröpfchen waren es wieder, und sah erneut auf die Uhr und zwei Minuten danach abermals. Er würde Besuch bekommen. Wie lange war es her, dass er zuletzt Besuch bekommen hatte? Es würde eine Frau sein, eine Frau würde ihn besuchen! Eine, die sich für seine Arbeiten interessierte, eine, die am Telefon sehr freundlich gewirkt und ihn trotzdem auf eine eigentümliche Weise unruhig gemacht hatte. Julia Stern. So hieß sie. Diesmal hatte er mitgeschrieben.

Ihre Stimme hatte jung geklungen, aber jung waren, Joseph schnaufte durch, jung waren schließlich so ziemlich alle für einen Dreiundachtzigjährigen.

Hakim gegenüber hatte er seine lächerliche Vorfreude zu verbergen versucht. »Ich rede kurz mit ihr, gebe ihr ein, zwei Fotos, wenn sie die dann überhaupt noch will, und verabschiede sie wieder. Keine große Sache, nicht der Rede wert.« Hakim hatte ihn daraufhin amüsiert angesehen und abgewartet, ob noch mehr Unsinn käme. Wie ein ausgefuchster Polizeikommissar war Hakim, ein Polizeikommissar, der es genoss, dass sich sein tollpatschiger Verdächtiger, also er, mehr und mehr verhedderte. Hakim hatte ihn angesehen und sich das Kichern nicht mehr verkneifen können. Verdammt, Hakim kannte ihn zu gut!

Joseph Wasserstein entschied, nun doch beide Arme auf den Lehnen des Gartensessels abzulegen, anstatt sie im Schoß übereinanderzuschlichten, anstatt wie beiläufig Zeitung zu lesen, anstatt zu rauchen, anstatt eine der x anderen ausprobierten und wieder verworfenen und wieder ausprobierten Positionen einzunehmen. Er überschlug die Beine. Das linke über das rechte, so stach es im Rücken weniger. Herrgott, dachte er, was für ein Tamtam ich aufführe. Zu welchem Idioten ich mich mache! Dabei war er kurz doch grundvernünftig gewesen, hatte vorgehabt, einfach das zu sein, was er war, ein alter Mann und basta. Schuld war Hakim. Er hatte wieder einmal den Mund nicht halten können und gute Ratschläge verteilt. Ja, ausschließlich Hakim war verantwortlich dafür, dass er sich so herausgeputzt, so *präpariert* hatte für seine Besucherin und nun alle Konzentration aufbieten musste, um das Kartenhaus zusammenzuhalten, also sich. Hakim hatte ihm eingeredet, er müsse sich … *ansehnlicher* machen.

»Joseph«, hatte Hakim in seinem Kindergartenonkelton begonnen und ihn wohlwollend besorgt gemustert mit seinem Kindergartenonkelblick, »Joseph, je älter wir werden, desto mehr müssen wir auf ein gepflegtes Äußeres achten. Weißt du, mein lieber Joseph, als Junger schaut es vielleicht cool aus, wenn man unrasiert und mit langem Hudriwudri-Haar dasitzt. In unserem Alter aber und bei dir, Joseph, schaut es aus« – Hakim hatte ihn fachmännisch begutachtet –, »als wärst du ein stinkender, alter Landstreicher. Einer, weißt du, Joseph, der sich wegen seiner Vergreisung nicht mehr so gut sauber halten kann.«

Verdammt, hatte Joseph da gedacht. Und sich im Spiegel besehen. Und das *Verdammt* dann noch lauter gedacht als zuvor. Und sich gebadet und eingeseift und geschrubbt wie lange nicht mehr und danach nicht das fadenscheinige alte, sondern ein neues, akkurat gebügeltes schwarzes Hemd angezogen, eine schrankfrische Hose und dunkle Schuhe anstatt der sonnenvergilbten Gartenschlapfen. Er hatte sich glatt rasiert, war so weit gegangen, sich neben Aftershave auch Eau de Toilette ins Gesicht zu tätscheln. Sogar eingecremt hatte er sich, damit seine Haut nicht so schuppig trocken aussah, wie sie es nun einmal war. Und er hatte sich – auch das auf Hakims Anraten, was für ein Affenzirkus! – die Nasenhaare getrimmt.

So saß er nun da. Wie ein herausgeputzter Gockel. Einen auf lässig machend. In Wirklichkeit freilich hochgradig nervös. Irgendwie … irgendwie fühlte es sich aber auch gut an. Wie ein Abenteuer. Wie … Leben!

Joseph drückte noch rasch – er wollte vermeiden, dass es ihn später, wenn sie da wäre, ungelegen drückte – drückte noch rasch einen Darmwind ins

Freie. Er entfuhr mit Dröhnen. Um Himmels willen, dachte Joseph, was, wenn sie ausgerechnet jetzt ums Eck kommt! Aber … nein; nein, Gott sei Dank, das tat sie nicht. Sie kam, Joseph sah auf seine alte Armbanduhr, die er nach ewigen Zeiten erstmals wieder angelegt hatte, exakt eine Minute später. Er hörte Schritte. Und dann trat sie ins Licht.

# – 5 –

Die Farbe Blau, eine Woge, eine Stofflichkeit. Leben, zusammengefasst in einem Sekundenbruchteil. Joseph drückte gedanklich den Auslöser der Kamera.

Blau war das ihre Figur kaschierende Kleid.

Die Woge war sie. Und ihre schüchternen Augen.

Die Stofflichkeit war der Moment.

Früher, aber das war Ewigkeiten her, hatte er es oft so gemacht, den Auslöser gedrückt, Gedankenfotos geschossen. Als Jugendlicher, was heißt als Jugendlicher, als halbes Kind noch, hatte es begonnen, da fuhr er draußen vom Stadtrand, wo er mit den Eltern wohnte, mit der Straßenbahn in die Innenstadt, in die Kärntner Straße, um den ganzen Tag lang im Grunde nur eines zu tun: Menschen zu beobachten, Bewegungen in der Zeit, und um abzudrücken, gedanklich den Auslöser der Kamera zu drücken, sobald die Welt eines dieser Menschen in eine neue Möglichkeit kippte.

Klick.

Klick, klick, klick.

Manchmal waren es über den Tag verteilt nur eine Handvoll Fotos. Manchmal waren es Hunderte. Imaginierte Aufnahmen in Josephs Kopf. Kamera besaß er noch keine. So war das damals. So hatte sie begonnen, seine Karriere als Fotograf.

Wenn das Licht dann nicht mehr im Raum stand, sondern nur noch über Kanten sprang, und es schließlich eindunkelte, machte sich Joseph auf den Heimweg, setzte sich in die Straßenbahn und fotografierte nun nicht mehr, sondern ließ die Welt als Film an sich vorbeischwimmen, zur Entspannung.

Einmal hatte seine Mutter ihn heimlich beobachtet, an einem seiner *Arbeitstage* in der Innenstadt. Sie hatte nicht glauben wollen, was ihr der Vierzehnjährige erzählte, dass er nichts tue die ganze Zeit, außer Momente einzufangen. Und als sie ihn so sitzen sah, nichts weiter als sitzen und schauen, und sie also erkannte, dass ihr Sohn nicht gelogen hatte, dass er tatsächlich nichts Verbotenes oder Geheimes tat, sondern nur still dasaß, während andere seines Alters herumtollten und Fußball spielten, war sie schlimmer beunruhigt als zuvor.

Belichtungszeit. In einem Hauch von Ewigkeit verschmelzen Form und Inhalt. Ein Bruchteil einer Sekunde, in der alles geschieht. Das Leben hält den Atem an, um sich selbst wahrzunehmen. Um zu staunen, wie es ist.

In dem Foto von Julia Stern – ja: *in* dem Foto, nicht *auf* dem Foto – *in* dem Foto dieser Frau – Blau,

Woge, Stofflichkeit – war bereits enthalten, was Joseph noch nicht wissen konnte. Das nämlich, was Julia Stern im Innersten bewegte in jenen Momenten. Es war zu sehen auf diesem Foto, das er von ihr in seinem Kopf gemacht hatte, als sie um die Ecke der Villa gekommen war. Etwas Bedeutsames war geschehen, als sie in den Garten trat und ihn mit ihren Augen suchte. Doch obwohl es vor ihm lag, vermochte Joseph Wasserstein die Bewegtheit, die von diesem Bild herrührte, nicht zu entschlüsseln. Vielleicht war es das, was große Fotografie ausmachte. Sie zeigte etwas Bedeutendes und gab doch nichts preis; beließ den Augenblicken, den Menschen, der Welt ihre zerbrechliche Anmut.

In diesem Fall verschlug das offene Geheimnis Joseph für Momente den Atem, ihm war leicht schwindelig. Es war eine von den in seinem Alter raren Arten des Schwindeligseins, die etwas Erhebendes hatten, etwas berauschend Weitmachendes. Als der Schleier aus seinem Kopf wich und Joseph wieder klarsah, stand Julia Stern unmittelbar und nahe, streckte ihm mit fragendem Blick die Hand entgegen. Joseph schnellte aus dem Gartensessel.

»Guten Tag«, stammelte er. »Guten Tag, Frau Stern. Schön … schön, dass Sie hergefunden haben.« Er blinzelte, als hätte er eben noch geschlafen. Und reichte ihr die Hand.

Würden ihre Lippen zittern, wie sie es manchmal taten, wenn sie von einer Situation überrumpelt wurde? Würden ihr blutheiße Flecken wachsen an Hals und Wangen, wie es geschehen konnte, wenn das Leben sie bestürzte?

»Guten Tag«, sagte Julia Stern, »es freut mich, Sie kennenzulernen, Herr Wasserstein!«

»Mich auch, mich freut es auch«, sagte Joseph. »Schön, dass Sie hergefunden haben.« Das sagte er nun bereits zum zweiten Mal, er bemerkte es und ärgerte sich. *Schön, dass Sie hergefunden haben* – er hatte den Satz als nette Höflichkeit einstudiert und als Anhaltspunkt für sich. Aber dass er ihn zweimal hintereinander aufsagte, war nicht geplant gewesen. Egal, dachte Joseph.

Er sah sie an, nachdem er ihre Hand endlich losgelassen hatte, und machte eine Geste, die heißen sollte, bitte setzen Sie sich, und dabei rutschte ihm heraus: »Schön, dass Sie hergefunden haben.«

Nie wieder, alter Narr, dachte Joseph, nie wieder darfst du einen Satz auswendig lernen! Kopf!, schimpfte er sich, Kopf, reiß dich jetzt zusammen! Und halte den Mund, Kopf! Halte einfach den Mund!

»Ja«, sagte Julia Stern lächelnd. »Ich bin auch froh, dass ich hergefunden habe.«

# – 6 –

Julia Stern hatte eine entzückend teuflische Absicht. Indem sie ihn in ein Gespräch über seine fotografische Arbeit verwickeln würde, wollte sie möglichst viel Zeit mit ihrem leiblichen Vater verbringen, ihn kennenlernen, ohne dass es ihm so recht auffiele.

Joseph Wasserstein war in der ersten Sekunde, da er Julia wahrgenommen hatte, ein Wunsch angesprungen. Er wollte sie so lange wie möglich bei sich haben. Auffallen aber sollte ihr seine Absicht nicht. Welch weiches Wesen. Dieser Mensch berührte etwas verloren Geglaubtes in ihm.

Nach den ersten Momenten war klar, dass die sommerlichen Fantasien, die er sich tags zuvor ausgemalt hatte – eine an seiner fotografischen Arbeit interessierte Frau kommt zu ihm, wird seine Muse und Liebhaberin –, dass das Anzeichen von Altersdebilität gewesen waren. Julia Sterns Schritte, die sie auf ihn zu machte, und die Takte, die ihre beiden Herzen dabei schlugen, löschten den peinlichen Schwachsinn unmittelbar. Diese Frau war keine für zärtliche Stunden. Sie war … war … ja was? Joseph bekam keinen klaren Gedanken zu fassen.

Um die fünfzig musste sie sein, dafür hatte er einen Blick. Sie war mollig. Und etwas ungelenk, etwas tapsig. Was ihn sofort einnahm, war ihr Gesicht.

Es war nicht klassisch geschnitten, aber hübsch, ja, hübsch, auf eine liebenswerte, harmlose Art. Den Lippenstift, den sie für seinen Geschmack zu stark aufgetragen hatte, verwendete sie nicht, um zu glänzen, sondern wie zur Tarnung. Hinter diesem mutigen Rot konnte sie sich verstecken.

Der Business-Blazer, den sie zusammengeknautscht in der Hand trug, hätte sie beengt. Perfekt zu ihr passten die abgetretenen Sneakers. Als wären es alte Freunde, die mochten, wie Julia war, und die sie gerne begleiteten und darauf bestanden, hautnah dabei zu sein bei ihrem mitunter schüchternen, mitunter befangenen, immer aber neugierigen Schritt durchs Leben.

Julia Stern hatte im Netz über Joseph Wasserstein recherchiert und freilich auch Fotos durchgesehen. Aktuelle Aufnahmen allerdings waren keine zu finden gewesen. Umso mehr erschrak sie, als sie ihm gegenüberstand und sah, was das Alter mit dem ehemaligen Himmelsstürmer und Frauenhelden gemacht hatte. Joseph Wassersteins Gesicht sah aus wie eine zerknittert leere, irgendwo im Staub liegengelassene Zigarettenschachtel. Absurderweise machte er trotzdem noch immer auf Verführer. Sein silberweißes Haar trug er lange und nach hinten gestrichen, das schwarze Hemd eindeutig um einen Knopf zu weit offen. Die Anzughose flatterte um seine Beine und darunter trug er keine Socken zu seinen polierten schwarzen Schlüpfern. Unter den Hosenbeinen blitze immer wieder käsig blasse Haut hervor. Ihr Vater, wie niederschmetternd, war ein eitler Greis, der auf sexy machte.

Warum nur starrte sie immer wieder auf seine Schuhe? War da was? Als Joseph nach unten sah, stand ihm für einen Moment das Herz. Verdammt! Das durfte doch nicht wahr sein! Er hatte vergessen, Socken anzuziehen! Hakim! Wie hatte Hakim das übersehen können?! Er hatte ihn doch eigens gemustert. Und überhaupt! Ohne Hakim säße er nun nicht so geckenhaft da, sondern zwar etwas schmuddelig und unrasiert, aber wenigstens vollständig angezogen. Mitsamt Socken, Kreuzkümmelnocheinmal!

Außerdem war ihm mit einem Mal schlecht. Es fühlte sich an, als stimmte in seinem Magen-Darm-Trakt schon wieder etwas nicht. Das Atmen, ja, *hfhhhh*, auch das Atmen fiel ihm schwer, obwohl er abgesehen von der Begrüßung seines Gastes doch nur regungslos beim Tisch gesessen war.

»Verzeihen Sie, ich bin gleich wieder da«, sagte Joseph, kaum, dass sich Julia Stern gesetzt hatte. Wasser, ich muss mir das Gesicht waschen, dachte er, und Wasser trinken, kaltes, klares Wasser. Und Socken. Ich muss mir Socken anziehen, unbedingt Socken.

»Bin gleich wieder bei Ihnen.« Joseph versuchte ein unbeschwertes Gesicht, stand auf und da fiel ein schweres schwarzes Himmelstuch über ihn. Josephs letzter Gedanke war: Ich nehme den Busch.

Sein Körper zuckte einen verzweifelten Schritt zur Seite und stürzte so nicht auf den harten Terrassenboden, sondern kopfüber in den hüfthohen, sommergrünen Hibiskus, der raschelnd erschrak und Joseph Wasserstein durch seine Mitte hindurch – die Zweiglein teilten sich knacksend – zu Boden plumpsen ließ.

Der einst angebetete Starfotograf und nun einfach dreiundachtzig Jahre alte Joseph Wasserstein lag mit verdrehtem Körper am Boden, ein Bein im Geäst des Buschs. Er öffnete erst ein, dann auch das zweite Auge und überlegte, während er sich aufrappelte, ob er es glaubwürdig hinbekäme, so zu tun, als wäre nichts gewesen. Während er beteuerte »bin nur gestolpert, geht schon wieder«, taumelte Joseph Wasserstein in die Arme Julia Sterns, die erschrocken aufgesprungen war. »Kein Problem«, brabbelte Joseph, »alles bestens.«

Joseph war, als hätte vorhin jemand das Licht ausgeknipst in seinem Fotoatelier und eine immens große Tür zugeschlagen, eine Tür, größer als der Raum.

»Also«, sagte Joseph. Er hatte es mithilfe von Julia Stern zurück zum Tisch geschafft. »Also«, er fuchtelte verärgert mit der Hand, »wie kann ich Ihnen denn nun helfen? Sagen Sie schon! Was brauchen Sie? Sie brauchen doch irgendwas, oder? Also!«

Joseph klebte ein Erdklümpchen im zerzausten Haar und irgendetwas Grünes, Moosartiges an seiner Stirn und an seiner Wange. Das Hemd hing ihm aus der Hose.

»Na reden Sie schon! Also!«

Julia Stern starrte ihn an. Das närrisch gebieterische Gehabe des gefallenen Königs, der zerrupft vor ihr saß, war zu komisch. Aber vielleicht war er ja auch schlimm auf den Kopf gefallen. Sie verhielt ihr Lachen.

»Langsam, Herr Wasserstein, jetzt trinken wir gemeinsam erst einmal von dem Eistee, den Sie vorbereitet haben. Das ist doch Eistee hier, stimmt's?« Sie nahm den Krug.

Ach ja, den habe ich ja vorbereitet, dachte Joseph. Er trank, was sie ihm eingeschenkt hatte.

»Besser?«, fragte sie.

»Besser«, sagte Joseph. Er war noch blass um die Nase, sein Ausdruck erinnerte aber bereits an den eines Kindes, das froh war, ein Abenteuer überstanden zu haben.

»Darf ich das Gemüse aus Ihrem Gesicht pflücken?«, fragte Julia Stern. »Wissen Sie«, ergänzte sie und deutete die entsprechenden Stellen an, »Sie haben von Ihrem Sturz noch ein paar … Dinge in Ihrem Gesicht kleben. Und an Ihrer Stirn.«

»Aha. Ja, gut«, sagte Joseph.

»Schauen Sie«, sagte Julia Stern und legte die ersten Fundstücke vor Joseph Wasserstein auf den Tisch.

»So«, sagte sie nach dem sachten Abziehen eines weiteren Grashalms von seiner Schläfe. »So, das Gröbste haben wir schon.«

»Hm«, brummte Joseph Wasserstein.

Vor ihm an der Tischkante lagen beschaulich geordnet eine Flechte, etwas Moos, Grashalme und einige Erdklümpchen.

»Da haben Sie ja ganz schön abgeräumt«, sagte Julia Stern.

»Mhm.« Joseph nickte.

»Bei den Resten an Stirn, Wange und Haaransatz sollten wir noch ein bisschen feucht nacharbeiten«, sagte Julia Stern.

Joseph Wasserstein machte keinerlei Anstalten, aufzustehen und ins Badezimmer zu gehen, blieb stattdessen artig sitzen. Und schloss die Augen.

»Okay«, sagte Julia.

Sie überlegte, ob sie ihr Papiertaschentuch mit Spucke anfeuchten sollte, dachte unmittelbar an die entsprechende Gewohnheit ihrer Mutter, erinnerte sich, intensiv, als geschähe es soeben, an den unverwechselbaren, lieb vertrauten und doch immer wieder abstoßenden, warmen Geruch des Speichels ihrer Mutter. Sie besah Joseph Wasserstein, der geschlagen und dankbar und scheinbar zu allem bereit vor ihr saß. Sie tunkte das Taschentuch in den Eistee. Säuberte Joseph Wasserstein die schmutzigen Stellen an Stirn, Schläfe und Wange.

Joseph ließ es geduldig mit sich geschehen. Aufrecht, als wäre er diese akkurate Haltung seiner Helferin schuldig, saß er vor ihr. Die Hände lagen auf seinen geschlossenen Knien.

»So, fertig«, sagte Julia Stern.

Joseph Wasserstein blieb kerzengerade sitzen, beließ die Hände auf den Knien. Und die Augen geschlossen. Lange und tief atmete er schließlich durch. Sann dem nach, was geschehen war mit ihm. Genoss die Sekunden. Viel schöner, dachte er, kann es eigentlich nicht mehr werden.

Er öffnete die Augen und blickte in jene Julia Sterns.

»Danke«, sagte er und nickte. Nickte, sie anblickend, nochmals.

Dann streckte er den Arm nach vorne, griff in den Karton, der in der Mitte des Tisches stand, und nahm das oberste Foto heraus.

# – 7 –

Immer ist es später, als wir glauben. Aber immer bleibt Zeit, beim nächsten Mal erneut demselben Irrtum aufzusitzen.

Joseph Wasserstein strich über die Kante des grobkörnigen Schwarz-Weiß-Fotos. »Als mir dieses Bild gelang«, sagte er, »dachte ich, dass das nun der große Anfang ist und mir unzählige noch bessere Fotos bevorstehen. Aber dieses hier«, Wasserstein hielt inne, »es ist mein allerwichtigstes geblieben.« Er lehnte sich erschöpft zurück.

Plötzlich blies er wie belustigt Luft aus der Nase. »Gut«, sagte er, »dass ich damals nicht wusste, dass es der Höhepunkt war. Wie hätte ich sonst als Fotograf, als Künstler weiterleben können?«

Julia Stern saß neben Joseph Wasserstein. Sie rückte ihren Gartensessel noch näher, um besser sehen zu können. »Ist es möglich«, fragte sie, »dass diese Fotografie in keinem Ihrer Ausstellungskataloge enthalten ist? Ich kann mich nicht daran erinnern, das Bild jemals gesehen zu haben.«

»Sie sind keine Viertelstunde da«, antwortete Joseph, »und schon dabei, mir ein Geheimnis zu entlocken, vielleicht das entscheidende meiner sogenannten Karriere.« Er schien abzuwägen, sagte dann: »Sie täuschen sich nicht, ich habe dieses Bild nur einmal ausgestellt und danach nie wieder veröffentlicht. Und zwar weil dieses Bild, das ich für mein bestes halte, nicht von mir ist.«

Julia Sterns Augenbrauen schoben sich zusammen. »Jemand anders hat dieses Foto gemacht?«

»Jedenfalls nicht ich. Es passierte mir. Wie ein schöner Unfall.« Joseph blickte verdutzt, weil er die Szene von damals vor sich hatte, jene Begebenheit, während der ihm dieses Bild zugefallen war. Das Bild dieser Frau.

Er habe die Kamera wie immer mittels eines Lederriemens um den Hals getragen. Und sei vom Café Sperl nach draußen auf die im Regen schwimmende Gumpendorfer Straße getreten. Da sei es passiert. »Es war«, sagte Joseph, »als wären die Gegensätze des Lebens ineinandergefallen, um«, er zögerte, »um einander erstmals zu begreifen. Es war April, schüttete schon den ganzen Vormittag. Eine Frau, die durchnässt ins Foyer eintreten wollte, hob das Gesicht. Ein Mann, der das Café verließ, hob ebenfalls das Gesicht. Beide waren überrumpelt, wussten nicht, ob sie wegen einander aufgesehen hatten oder wegen dieses einzelnen Sonnenstrahls, der wie aus dem Nichts den Regen zwischen ihnen durchstieß.«

Joseph schüttelte nachdenklich den Kopf und sagte: »Es war, als hätte der Himmel einen Finger aus Licht durch die Wolken gestreckt und ihn wieder zurückgezogen.«

Julia Sterns Augen ließen nicht ab von der Fotografie; von der Aufnahme dieser Frau in Regen und Licht. »All das, was Sie eben erzählt haben, liegt in ihrem Blick. Es ist, als ob man teilnähme an diesem Augenblick. Als wäre er jetzt.«

»Es ist das ultimative Bild«, sagte Joseph leise. »Es ist, als wären die Bilder aller Zeiten darin enthalten. Schauen Sie«, Joseph zog seinen Hemdärmel hoch, »selbst heute noch, Jahrzehnte danach, bekomme ich eine Gänsehaut.«

Der Mann, zu dem die Frau auf dem Foto blickt, sei er gewesen. Er sei Teil dieses Augenblicks gewesen, nicht aber derjenige, der ihn festgehalten habe. Entdeckt habe er die Aufnahme erst beim Entwickeln des Filmes. Die Kamera, die er um den Hals trug, habe das wichtigste Foto seines Lebens ohne sein Zutun geschossen. »Der Auslöser muss von etwas berührt worden sein, weiß Gott wovon.«

»So entstand Ihre berühmte Art, zu fotografieren?«, fragte Julia Stern. »Ist das das Geheimnis?«

»Ja, so entstand sie. Ohne mein Zutun.«

»Die Wassersteinmethode.« Julia Stern lächelte. »Der Fotograf als Diener des Fotos, nicht als dessen Meister. Intuitives Fotografieren, ohne beim Abdrücken durch den Sucher zu sehen.«

»Die Wassersteinmethode, ja. Mit um den Hals baumelnder Kamera. Fotografieren buchstäblich aus dem Bauch heraus.«

Julia Stern und Joseph Wasserstein betrachteten gemeinsam das Bild. Das nasse Gesicht dieser Frau, das Licht in ihren Augen. »Dieser Blick von ihr«, Julia hielt den Kopf schief, »dieser alles über sie erzählende Blick ... Haben Sie sie je wiedergesehen?«

Seit damals suche ich sie, dachte Joseph. Diese Frau. Diesen perfekten, diesen fehlenden Teil von mir, mein *Gegenteil.*

»Nein«, sagte Joseph, plötzlich ruppig, »ich habe sie nie wieder gesehen.«

Alt war er in seinem Korbsessel zusammengesunken. Und starrte reglos vor sich hin. War das Zorn in seinem Gesicht? Schmerz? Verbitterung? Julia Stern besah ihren Gastgeber. Ihren Vater? Sie fühlte, dass sie sich nun besser nicht rühren sollte. Keine schnellen Bewegungen jetzt, kein zu lautes Atmen. Sachte griff sie nach vorne zum Eistee, führte das Glas so behutsam zum Mund, als läge es an ihr, die Welt im Gleichgewicht zu halten. Und nippte daran.

»Oooooh! Wie schöööööön! Sie müssen Julia Stern sein!« Hakim Elvedin kam angeschwebt wie ein Paradiesvogel, mit weit geöffneten Armen.

»Wie schön!« Er wogte, segelte, umflatterte. Seine Daumen und Zeigefinger berührten einander dabei in Vorfreude auf gar Köstliches und – dies war ihm wichtig – zur Ehrerbietung dieses Köstlichen, Vorzüglichen. Schließlich bot der alte Tänzer Julia Stern seine Hand. Und so gemessen, wie er es tat, wirkte es, als reichte er ihr die Hand nicht nur, sondern als *überreichte* er sie ihr. Ihr, der Auserwählten.

Julia Stern sah es, erkannte die Geste, griff nach Hakims Geschenk. Der Bogen schloss sich.

»Ich bin Hakim«, sagte er, »wir können gerne ein bisschen Du zueinander sagen. Wir Tänzer sind ja immer alle per Du.«

»Frau Stern ist keine Tänzerin«, murrte Joseph, ohne den Kopf zu heben.

»Alle Menschen sind Tänzerinnen, mein Lieber. Selbst du, Joseph, bist eine Tänzerin.«

Joseph Wasserstein saß kraftlos vor ihm, wie verwachsen mit seinem Korbsessel.

»Eine ganz wunderbare Tänzerin bist du, Joseph.«

»Tänzer, nicht Tänzerin.«

»Genau Joseph, na also, Joseph. Ein wunderbarer … Tänzer bist du.« Hakim zwinkerte Julia zu.

»Einer Frau das Du-Wort aufzudrängen gehört sich nicht, Hakim. Wenn da wer schlecht aufgelegt ist, hast du in null Komma nix einen Shitstorm, der dir deinen flauschigen arabischen Teppich unterm Hintern wegbläst.«

»Aber geh. Weißt du, Joseph, zu den alten Königen mussten immer alle untertänig Sie und Eure Majestät sagen, während die Könige die Leute einfach mit Du anredeten.«

»Du bist also ein alter König, der gnadenhalber allen das Du aufschwatzt.«

Kurz stutzte Hakim.

»Nein, Joseph, ich bin ein alter Tänzer, der in allen Tänzerinnen Königinnen sieht. Schwesterlich verbundene Königinnen. Weißt du, so à la friedliche Revolution, Joseph, so à la Liberté, Egalité, Féminité!«

»Ich freue mich sehr, lieber Hakim«, sagte Julia. »Und wenn Sie möchten, Herr Wasserstein«, sie beugte sich nach vorne zu ihm – Joseph saß noch immer mit eng verschränkten Armen da –, »wenn Sie möchten, lieber Joseph Wasserstein, können wir beide auch gerne Du zueinander sagen.«

Joseph war gerade noch grantig gewesen wegen allerlei, auch wegen Hakim, weil er mir nichts, dir nichts aufgetaucht war und schon drei Sätze später mit seinem Gast auf innig war und auf vertraut, während er selbst nur blöd danebenhockte. Aber jetzt hatte ihm Julia, ja, das hatte sie, das Du-Wort angeboten. Was für eine unverhoffte Wendung! Ich sollte, dachte Joseph, mir die Freude nicht allzu sehr anmerken lassen. Unmittelbar darauf aber schoss ihm ein, dass Julia seine finstere Miene auf sich beziehen und missverstehen könnte und deshalb sog Joseph seinen Schmollmund zwischen die Lippen und lächelte verzwickt und nickte und sagte: »Gut.«

Das ist alles?, dachte er. Das ist alles, was du auf ihre Einladung, per Du zu sein, herausbringst, alter Narr? *Gut?* Nur gut? Kreuzkümmel, Herrgott, noch einmal!

»Sag, Joseph, was hast du denn da für lustige Kratzer um die Nase?«

»Kratzer?«

»Ja, so Katzen-Kratzer, so feine, rund um die Nase und auch an der Stirn.«

»Was? Nein, bin nur kurz über den blöden Strauch da gestolpert, nicht der Rede wert.«

»Joseph, schon wieder! Bitte unternimm endlich was gegen deine Schwindelanfälle! Weißt du, Julia, der Joseph fühlt sich immer wieder einmal so drehig. Diesmal bist du also in den Strauch da rein, sagst du? Da, in den da? Da bist du hinein gestrauchelt?«

»Aus jetzt, Hakim! Wenn du unbedingt dabei sein willst, dann setz dich her und verhalte dich ruhig. Frau Stern, also Julia … Julia und ich«, Joseph lächelte, »wir sind gerade am Arbeiten. Julia sucht Aufnahmen für einen Fotoband und ich zeig ihr, was ich so habe.«

Hakim strich sich mit Daumen und Zeigefinger über die Lippen, als verschlösse er sie mittels Reißverschluss. Er nahm Platz, legte erwartungsvoll beide Hände auf den Tisch und beugte sich zum Karton mit den Fotos, der aber zu weit weg stand für ihn, um hineinzusehen. Knarzend rückte er seinen Sessel näher.

»Oh, das war aber laut«, sagte er.

Joseph atmete durch und zog das nächste Foto aus dem Karton. Es zeigte das Gesicht eines Kindes, das zu den Sternen sieht.

»Wie liiiiieb!«, rief Hakim.

# – 8 –

Hakim hatte das Schwarz-Weiß-Foto an sich genommen. Es schien ihn zu berühren, veränderte seinen Blick. Das Gesicht dieses staunenden Kindes, das zu den Sternen sieht.

»In Kindern«, sagte Hakim leise, »sehen wir, wer wir wirklich sind. Wir alle. In ihnen ist alles noch ganz wahr. Schau nur, Joseph«, er ergriff die Hand des alten Freundes, »schau nur, was du da fotografiert hast, Joseph! Siehst du es, dieses Kind, das sind wir alle. Auch wenn wir es oft vergessen.« Der alte Tänzer lächelte glücklich. »Schaut nur, wie wahr dieses Foto ist. Das hast du ganz großartig gemacht, Joseph. In diesem Foto steht alles geschrieben.« Joseph Wasserstein zog langsam die Hand fort unter Hakims Hand, tätschelte ihm den Arm. »Schön, dass du das so siehst«, sagte er.

»Weißt du, Julia, ich hab auch ein Kind, einen Sohn, einen erwachsenen Sohn«, sagte Hakim, nun aufgeräumt und mit neuer Körperspannung. »Ich kann mich noch an die Zeit erinnern, als er ganz klein war.« Hakim hielt die geöffneten Hände vor sich, als wiegte er ihn. »Ich weiß noch, wie schön es war, endlich mit jemandem zu sein, der nicht durch Sprache beschränkt war. Es war unglaublich mit ihm, er hat sich alles selbst beigebracht, meine damalige Frau und ich haben fast nichts tun müssen. Alles bei ihm ist wie von selbst geschehen und ich durfte dabei sein, wie aus diesem Wesen ein Mensch geworden ist. Ein kleiner Mensch, der mir großem Menschen von einer wunderbesonderen Welt erzählt hat. Nach und nach erst bin ich dahintergekommen, dass diese Welt ja auch meine Welt ist, ich sie aber zu sehen vergessen habe. Mein kleiner Sohn hat das Entscheidende erkannt für mich. Aber heute«, Hakim gluckste, »heute ist er auch schon ein Mann, weißt du, Julia, so ein ausgewachsener, vernünftiger Mann mit Anzug und er weiß mittlerweile genauso wenig wie alle anderen. Hast du auch Kinder, Julia?«

»Ja, eine erwachsene Tochter, sie lehrt Soziologie an der Uni.«

»Soziologie ist gut, so wie Biologie, da lernt man, dass wir aus mehr Bakterien bestehen als aus menschlichen Zellen. Dass wir so gesehen ein großer Batzen wimmelnder Tierchen sind.«

»Das würde zwar erklären, warum du nie Ruhe geben kannst, muss aber Blödsinn sein«, brummte Joseph.

»Kein Blödsinn, Joseph.« Hakim hob den Krug Eistee an. »So schwer wie der Krug ist, sind zusammengezählt alle Bakterien in dir. Und jedes ist bestens aufgelegt.«

»Meine lümmeln Gott sei Dank nur faul rum.«

»Haben Sie«, begann Julia, »hast du«, korrigierte sie sich, und schon schossen ihr heiße Flecken über die Wangen, denn würde sie Joseph das, was sie dachte, tatsächlich gleich fragen? Da sprach sie es aus: »Hast du auch Kinder, Joseph?«

Kinder. So weit weg war der Gedanke gewesen und mit einem Schlag – warum musste das jetzt sein?! – mit einem Schlag so bezwingend. Augenblicklich hatte Joseph wieder den Duft dieses Babys in sich. Und er vermeinte, seine Weichheit zu spüren, diese überirdische Weichheit. Es war das Baby eines Jugendfreunds gewesen damals. Heimlich, als der Freund kurz nicht im Zimmer gewesen war, hatte sich Joseph nach unten zum Bettchen gebeugt und getan, was doch Mutter und Vater vorbehalten war. Er hatte das Baby zart berührt, es gestreichelt, an ihm gerochen, sachte seine rosige Haut geküsst, war versunken für ein, zwei, drei Sekunden in der Innigkeit dieses Lebens. Wie erst musste es einer Mutter, einem Vater ergehen, wenn ihm, dem Unbeteiligten, derart zumute wurde.

»Nein«, sagte Joseph kalt, »keine Kinder. Hat sich nie ergeben.«

Julia spürte ihr Herz schlagen. »Hättest du denn«, fragte sie, »gerne Kinder gehabt?«

Wie sinnlos und niederträchtig das Leben ist, dachte Joseph Wasserstein. Und wie sinnlos und niederträchtig, es Kindern weiterzugeben. Wie schön das Leben sein kann, dachte Joseph Wasserstein. Wie sinnlos, niederträchtig und schön. Kinder, dachte Joseph Wasserstein. Eigene Kinder …

»Ich weiß nicht, ob ich mir welche gewünscht hab«, sagte er, »ich hab nie groß darüber nachgedacht. Wahrscheinlich wäre ein Kind nichts für mich gewesen, ich war immer ein Egoist, hab immer nur gemacht, was mir gerade richtig schien.«

»Du wärst als Papa sicher gut gewesen, Joseph«, sagte Hakim. »Weißt du, Kindern musst du nur eine Boje sein. Wenn du ihnen eine Boje bist und sie zu dir kommen und sich bei dir anhalten können, hast du schon viel richtiggemacht.«

»Eine Boje«, murmelte Joseph.

»Ja, Joseph. Weißt du, das sind die Dinger, die zwar im Wasser wackeln und mit den Wellen auf und ab ruckeln, aber im Grunde sind sie verankert. Und aus einem Material, das nicht so schnell untergeht. Und drum kann man sich gut an ihnen anhalten, wenn man das grad braucht, wenn man einsam ist oder unsicher. Bojen, Joseph.«

»Ich kenn Bojen, Hakim. Aber ich wäre keine gute Boje gewesen. Ich war ja dauernd unterwegs.«

»Dann wärst du eben eine bisserl so, na ja, so eine abwegige Boje gewesen. Aber eine Boje. Da bin ich mir sicher, Joseph.«

»Als alleinerziehende Mama hätte ich manchmal auch gerne eine Boje gehabt. Oder gleich eine Rettungsinsel. Wart ihr als Eltern denn nie überfordert, Hakim? Ich meine, niemand sagt dir, was da auf dich zukommt, wenn du plötzlich für ein Kind verantwortlich bist. Für jede Nichtigkeit gibt es Lehrgänge und Seminare und Zertifikate, sogar Hundeführscheine gibt es und Katzenstriegelkurse, aber ein Kind kriegst du einfach so. Als wär's irgendeine Nebensächlichkeit wie … wie … ich weiß nicht, wie das Aufschlagen von einem Frühstücksei.«

»Ich glaube ja fast, meine Liebe«, sagte Hakim, »dass wir Erwachsenen die Eier sind. Und erst, wenn unsere Kinder unsere Schale aufbrechen, sehen wir, wie wir innen sind.«

»Wir Eier«, sagte Joseph.

»Genau, Joseph. Wobei du natürlich ein ganz abgebrühtes Ei bist. Aber unter deiner Schale, weil ich kenn dich ja, bist du ein … na ja«, Hakim musste lachen, hielt sich die Hand vor den Mund, »bist du ein bisserl ein weiches Ei. Ein perfekt weiches Ei freilich, mein Lieber.«

Joseph hatte schon ein M zwischen den Lippen, *Machen wir mit den Fotos weiter?*, wollte er sagen, weil er ungeduldig war und das Ei-Kinder-Thema nicht mochte und sich auf sicheres Terrain zurückwünschte, aber Hakim kam ihm zuvor und meinte, dass Eltern für die Erziehung ihrer Kinder ohnehin die ungeeignetsten Menschen seien – weil viel zu nahe dran, um klar zu sehen; viel zu unerfahren; und meist selbst noch keine fertigen Menschen. Er, erzählte Hakim, sei als Kind von halb Damaskus aufgezogen worden. Von der ganzen Sippschaft, allen Onkeln und Großonkeln und Tanten und Großtanten und Großeltern und Cousinen und Cousins und sämtlichen Nachbarn. Das Gute daran sei, dass man nicht ausschließlich vom Irrsinn der Eltern geprägt werde, sondern vom milderen, vielfältigeren Irrsinn des Stadtviertels. So übernehme man als Kind nicht eins zu eins die Verschrobenheit des Vaters oder die Hysterie der Mutter, sondern könne aus der Buntheit des Umfelds seinen höchst individuellen Wahnsinn kultivieren.

»Wofür du ja das beste Beispiel bist«, sagte Joseph. »Und das ist ja alles sehr vergnüglich, aber machen wir jetzt mit den Fotos weiter?« Joseph hatte die Hände ineinander gefaltet, um trotz Hakims Geplapper Ruhe zu bewahren.

»Hast du es eilig, Joseph?«, fragte Hakim.

Wäre er jetzt alleine mit seinem hochverehrten, hochverrückten Lieblingsfreund Hakim, hätte er nicht lange überlegen müssen. Ja, ich hab's eilig, hätte er geantwortet, weil in meinem Alter kipp ich vielleicht in fünf Minuten mausetot vom Sessel. Da will ich vorher noch rasch ein Foto ansehen, mein vielleicht letztes, eines, das ich gemacht habe, als es sich für mich noch anfühlte, als wäre das Leben endlos; als es sich noch anfühlte, als gälten die Gesetze der Zeit vielleicht für Gott und die Welt, aber garantiert nicht für mich.

So oder so ähnlich zu antworten, wäre aber ohnehin ein Fehler gewesen. Denn in jedem Fall, Joseph kannte das ja schon, würde sein so schrecklich gedankenmunterer Nachbar und Tralala-Tänzer Hakim Elvedin die Gelegenheit nutzen, um sich über die Natur der Zeit auszulassen. Die Zeit, mein lieber Joseph, würde Hakim sagen und damit erneut Julia Sterns Aufmerksamkeit in Beschlag nehmen, die Zeit existiert nicht. Alles, was existiere, würde Hakim sagen und mit seiner Tänzerhand einen kecken Bogen in die Luft malen, sei Bewegung im Raum. Das sei alles, würde Hakim wiederholen und auch seine provokante Handbewegung würde er wiederholen: Bewegung … im … Raum. Wenn er, Joseph, also meine, es eilig zu haben, müsse er nur aufhören, Bewegung zu verursachen, müsse er lediglich aufhören, allerlei Dinge und Gedanken im Raum hin und her zu schieben. Stattdessen empfehle er, Hakim Elvedin, ihm, Joseph Wasserstein, die einzige aller Bewegungen, die nicht die Illusion der Zeit verlängere, sondern die Zeitlosigkeit sichtbar mache. Jawohl, er empfehle seinem Nachbarn und liebsten Freund, empfehle dem mürrischen Tattergreis Joseph Wasserstein: zu tanzen. Wenn du partout nicht tanzen möchtest, mein Lieber, würde Hakim auf sein, Josephs, genervtes Augenrollen antworten, kannst du auch von der äußersten Spitze eines Sekundenzeigers nach innen kriechen, um zu erleben, dass es Zeit nicht gibt. An der äußersten Spitze des Zeigers würde er, Joseph, noch den weitest möglichen Kreis zurücklegen, die größte zeitliche Bewegung im Raum. Je näher er auf dem Sekundenzeiger aber nach innen krabble, desto kleiner würden seine Kreise. Im exakten Mittelpunkt des Ziffernblatts angekommen, würde er schließlich bemerken: dass er still stehe. Völlig still. Punktgenau in der Mitte der Zeit würde er, Joseph, erkennen, dass es Zeit nicht gibt. Es wäre der Punkt, an dem er nur noch Stille empfände. Zeitlose, unbewegte Stille. Wenn er wollte, könnte er aus dieser Mitte heraus beobachten, wie sich die Welt um ihn weiter und weiter der zeitlichen Illusion hingebe; nie vorankommend, sich fortwährend im Kreis drehend.

So oder so ähnlich würde Hakim das Thema Zeit ad absurdum führen, Naturgesetze aus den Angeln heben. Ihm bliebe freilich die Möglichkeit, dagegenzuhalten. In unserer Wirklichkeit, könnte er kontern, behält die Zeit sogar ihre Kraft, wenn sie nicht existiert. Selbst die Götter seien ihr untertan, könnte er poetisch sagen und Julia Stern einen charmanten Blick zuwerfen. Denk nur an Zeus, Hakim, denk daran, wie wertvoll ihm seine Geliebte Hora war, die ihm, ihr Name verrät es, immer nur eine Stunde gewährte. Behaupte du, Hakim, also nicht, Zeit sei eine Illusion, wenn sogar Zeus sie erlebte, angesichts der ihm enteilenden Hora.

Das würde schon Eindruck machen, dachte Joseph. Wenn er es so hinbekäme, würde das bei Julia Stern sicher Eindruck machen. Aber was … was war ursprünglich noch einmal Hakims Frage an ihn gewesen? Was sollte er nun antworten, wie genau beginnen? Was reden, ohne völlig meschugge zu wirken?

Julia beobachtete Joseph Wasserstein mit zunehmender Sorge. Von seinem Sturz in den Busch schien er sich halbwegs erholt zu haben, aber er war nach wie vor blass. Und zunehmend einsilbig. Wie abwesend stierte er auf die Tischplatte.

»Geht's dir eh gut, Joseph?«

Joseph mochte die Frage nach seinem Befinden nicht. *Wie geht es Ihnen? Wie geht es dir?* Diese Frage war doch eine Unverschämtheit! Die war nicht höflich. Nein, verdammt und Kreuzkümmel! Höflich wäre es, nichts zu fragen. Einfach Guten Tag zu sagen und danach abzuwarten, was weiter geschieht, das wäre höflich. Aber nein, alle mussten ja, kaum dass sie einen auch nur von Weitem gesehen hatten, belästigen mit: *Wie geht es dir, Joseph?! Wie geht es Ihnen, Herr Wasserstein?!* Ja, es war nur eine Begrüßungsformel, man musste nicht groß eingehen darauf, aber trotzdem, mit dieser beschissenen Begrüßungsformel war von Anfang an alles verdorben. Was sollte nach einem so bornierten Anfang noch Gutes kommen?! *Wie geht es dir, Joseph?! Wie geht es Ihnen, Herr Wasserstein?!* Das war doch eine Ungeheuerlichkeit! Eine Grenzübertretung noch bevor man einander in Ruhe begegnen konnte. *Wie geht es Ihnen?!* Wie soll es einem Menschen in der Welt schon gehen!? Einem Menschen, der noch nicht völlig stumpfsinnig, noch nicht ausreichend tot ist!? *Wie geht es Ihnen, Herr Wasserstein?!* Eine intimere, unverschämtere, verletzendere Frage war eigentlich gar nicht denkbar in dieser Welt.

Da half es auch nichts, dass die Frage bloß als Einstiegshilfe ins Gespräch gedacht war. Als Hilfe?! Das war doch keine Hilfe! Unweigerlich wurde damit das Innerste ins Außen gezwungen! Wurden die verletzlichsten Gedanken und intimsten Gefühle durch den Fleischwolf gezerrt. *Wie geht es Ihnen?* Was für eine Gedankenlosigkeit, was für eine bodenlose Gemeinheit, einen Menschen das zu fragen!

Joseph Wasserstein saß da wie vom Blitz niedergestreckt. Unbewegt, kauernd und grimmig. Und: Er schien zu zittern. Die erneute Frage Julias, ob alles in Ordnung mit ihm sei, ließ er unbeantwortet.

Joseph bemerkte es. Ja, er bemerkte durchaus, dass Hakim und sein Gast, diese nette Julia Stern, auf ihn einsprachen. Aber er hatte keine Lust zu antworten. Und keine Kraft. Vielleicht hatte er ja noch ein bisschen Kraft, aber er wollte keine mehr aufwenden, wollte sie behalten, als Reserve, als geheime Möglichkeit. Am liebsten wäre es ihm gewesen, Hakim und Julia würden sich einfach zu zweit unterhalten und er könnte unbemerkt dabeisitzen. Einfach dabeisitzen. Völlig ruhig. In ihrer Mitte. Der Mitte der Zeit.

Wie aufgeregt er gewesen war. Wie sehr er sich gefreut hatte auf ihren Besuch. Auf Julia. Aber jetzt war irgendetwas anders. Joseph wusste nicht, was es war, wusste nicht, was falsch war. Vielleicht ja gar nichts. Nur er eben. Vermutlich nur er, wie immer.

Was machte er hier? Wozu das alles noch?

Wie verstörend das Leben war. Und wie beliebig. Gleich einer Frage, auf die man alles antworten konnte, ohne dass die Art der Antwort einen Unterschied machte. Wenn er nicht Joseph wäre, nicht Joseph Wasserstein, sondern zufällig beispielsweise Hakim, Hakim Elvedin – was wäre dann anders?

Wie beliebig. Wie beliebig wir alle sind. Oder, dachte Joseph Wasserstein, oder nur ich?

Einmal, das fiel ihm jetzt genau zum richtigen Zeitpunkt ein, hatte er auf eine Mail-Nachricht einer Bekannten reagiert, hatte ein paar launige Zeilen geschrieben und ohne lange nachzudenken auf *Senden* gedrückt, kurz darauf aber bemerkt, dass das Mail wegen der schlechten Verbindung nicht abgeschickt worden war. Da er auf das erste Mail aus irgendeinem blöden technischen Grund nicht zugreifen konnte, schrieb er seine Antwort erneut. Ohne Absicht gerieten ein paar Worte anders, auch der Ton wich ab. Und schon unterschied sich die neue von der alten Antwort so grundlegend, als wäre sie von einem anderen Menschen geschrieben worden. Dabei waren zwischen den beiden Schreiben nur Minuten verstrichen. Wenige Minuten hatten aus ihm einen anderen gemacht. Das ließe sich wohl wiederholen, ja, vermutlich war man immer und immer wieder ein anderer. Ein irgendwer. Und das Leben machte mit einem, was es wollte. Und es lachte, wenn man sagte: ich. Und lachte noch mehr und schallend und erfing sich gar nicht mehr vor Lachen, wenn man dachte: Ich bin doch ich.

»Joseph, komm, trink das. Das wird dir helfen.« Hakim reichte dem alten Freund dessen Eistee, berührte Joseph fürsorglich mit der anderen Hand an der Schulter.

»Was?«

Joseph war überrascht. Als wäre er eben erwacht. Zwei, drei Sekunden dauerte es, bis er die Lage einordnen konnte, bis er die Sorge in Hakims und Julias Augen erkannte.

Als wäre er bloß kurz nachlässig und in Gedanken gewesen und selbstverständlich Herr der Lage, richtete Joseph sich im Sessel auf.

»Lasst uns jetzt endlich weitermachen«, murrte er.

Haaren ist doch etwas Feines! Gleichgültig ob aufs Parkett, auf den Perser oder auf den Diwan. Einfach so dahinhaaren, seine Spuren hinterlassen auf Erden – und sie davonwehen sehen, bei erstbester Gelegenheit.

In Hakims hellem Häuschen sonnten sich seine drei Katzen hinter der hohen Fensterfront. Sie taten es auf ähnliche Weise und so, als wollten sie sehen, ob Hakim klug genug wäre, ihre Choreografie und Botschaft zu bemerken.

Ataraxia, die Lichtweiße, kam ihm entgegen, ließ ihre Pracht zu Boden plumpsen, streckte sich gähnend kreuzhohl und bot Hakim ihren sonnenwarmen Bauch.

Aponia, die Schwarze, grub ihre Krallen in die Polsterung und tat sonst nichts. Behaglich vibrierte ihr Körper. Gut möglich, dass dieses Glück das Häuschen bis in die letzten Ritzen durchdrang, es kalibrierend neu vermaß.

Eudämonia, die Rote, hob den Kopf, blinzelte und verbarg ihr Gesicht wieder, ach wie herrlich, zwischen den Pfoten.

Hakim beugte sich nach unten, strich über Ataraxias weißen Bauch. Ihr Fell wurde hermelinglatt unter seiner Berührung.

Er ging zu Aponia, kraulte sie am Nacken, kraulte sie hinter den warmen, samtig schwarzen Ohren.

Dann wandte er sich Eudämonia zu, tauchte sein Gesicht in das Fell ihrer Flanke, atmete ihren fuchsroten Geruch.

Schließlich verbeugte er sich vor den dreien. »Ich danke euch, meine Schönen, meine Klugen.«

Hakim war der Musik wegen nach Wien gekommen, Jahrzehnte war das nun her. Wobei Hakim nicht Wiens Charme als Weltstadt der Musik erlegen war. Nicht Haydn, Mozart, Mahler und Schubert hatten ihn verführt, nicht die Wiener Philharmoniker. Asmahan war es gewesen. Ihrer Ballade wegen kam er. Ihrer Lobpreisung Wiens wegen. Als Hakim ihr *Layali El unse fi vienna* im Damaskus der sechziger Jahre hörte und immer wieder hörte, war es in der arabischen Welt bereits ein Klassiker. *Die inspirierenden Nächte sind in Wien,* ließ Asmahan, diese sagenumwobene Sängerin und Schauspielerin und Schönheit, den adoleszenten Hakim wissen. Wiens Atmosphäre gleiche einem *Hauch aus dem Paradies,* flötete sie Hakim ins Ohr. *Frei von Sorgen* lasse es sich leben in dieser Stadt, die *kein Herz unberührt* lasse, *Seele und Auge* gleichsam erfülle. Und als hätte sie Hakim seinen Wuschelkopf nicht schon genug verdreht, sang die wunderbare Asmahan ihm auch noch eine unbedingte Aufforderung unter die

Haut: *Erfülle dein Glück deiner Jugend in Wien.* Ein betörend hypnotisches Klang-Amalgam aus drei Viertel Orient und einem Viertelchen Walzer gab dem jungen Hakim den Rest.

Ja, ich will, dachte er. Ja! ... Bitte, ja!

Dass Wien, wie die weit gereiste Asmahan ihrem jungen Landsmann berichtete, in einem Land *des Friedens* lag, erschien Hakim wie ein weiterer Wink des Schicksals, drückte er sich doch seit Längerem vor der Einberufung zum syrischen Militär. Zum Militär nämlich wollte er keinesfalls. Hakim wollte ins Gegenteil, Hakim wollte ins Leben. Und das Leben, Hakim wusste nichts sicherer als das, war als Tanz gemeint und gewiss nicht von Gott erschaffen worden, um herumzubrüllen und zu salutieren und zu buckeln auf dem Kasernenhof oder gar, um auf andere zu schießen, die im Grunde doch auch nur tanzen, auch nur leben wollten. Bei näherer Recherche erfuhr Hakim, dass Österreich im *Herzen Europas* lag, an der Grenze zwischen Ost und West und dass es, ähnlich der Schweiz, neutral war, was doch nur heißen konnte, dass dieses Land so frei und unbeschwert war, allen die Hand zu reichen. Wie zum Beweis war im christlichen Wien mit Bruno Kreisky ein jüdischer Bildungsbürger an die Staatsspitze gewählt worden, der sich, es stand in allen arabischen Zeitungen, um die Freundschaft der Araber, ja, ausgerechnet der Araber, bemühte;

also im Grunde – Hakim stutzte und kurz darauf glänzten seine bernsteinbraunen Augen – im Grunde auch um seine Freundschaft! *Wien, Wien, nur du allein,* ich komme! Sehr geschätzter Herr Kreisky, ich komme! Österreich, du Insel der Seligen, ich, Hakim Elvedin, komme!

Der junge Hakim wirbelte euphorisiert durchs Haus, überfiel mit seinem Beschluss seine vier älteren Schwestern und seine Mutter und drehte sich tanzend zu Asmahans Liedzeilen. *Der Geist fliegt mit der Fantasie, leer von Sorgen. Erfülle dein Glück in Wien!*

»Hakim, das ist nur ein Lied«, sagte seine Mutter. »Du weißt doch gar nicht, wie Wien wirklich ist.«

»Ich werde«, sagte Hakim, und war erstaunt, was er seiner Mutter, seiner die Familie regierenden Mutter gleich sagen würde, »ich werde dieses Lied wahr machen, Mama.«

Sie hob, überrascht über die Schlagfertigkeit ihres Sohnes, die Augenbrauen. Gewiss würde sie noch allerlei Bedenken, allerlei Einwände vorbringen, vorerst aber betrachtete sie einfach einmal in Ruhe ihren Sohn, ihren plötzlich so selbstgewissen Sohn, betrachtete ihn mit neuen Augen.

Wien, dachte Hakim, Wien!, es wirkt schon jetzt.

# – 10 –

Hakim und Julia hatten sich mittels Augenkontakt und sozusagen hinter Josephs Rücken verständigt, ihm eine Ruhepause abzunötigen. Für heute, sagte Julia, müsse sie ihren Besuch wegen familiärer Verpflichtungen leider beenden. Kurz hatte sie doch tatsächlich im Sinn gehabt zu sagen, ihrem Vater gehe es nicht so gut. Es würde sie freuen, fügte sie stattdessen an, könnten sie so bald wie möglich – und freilich auch gerne wieder mit Hakim – die Durchsicht der Fotografien fortsetzen.

»Na ja, dann halt gleich morgen«, brummte Joseph.

»Na ja, dann halt gleich morgen«, echote glücklich Hakim.

Julia Stern verließ die nachmittägliche Sommerkühle des Gartens und trat ins Lichtgrün der Gasse. Das mochte sie an Wien. Dass es keine Großstadt war, sondern eine Ansammlung von Dörfern und Kleinstädten, ein Konglomerat von Gassen und Straßen, von Plätzen und Grätzeln, und überall traf der Blick auf Natur, auf Bäume, kleine und kleinste von der städtischen Gärtnerei gepflegte Blumenbeete, Parkanlagen. Und nun auf die Ahornallee vor Joseph Wassersteins Haus. Freilich gab es in Wien auch

Viertel, die betonverbaut waren. Sie mied Julia. Und sie war sich bewusst, welchen Luxus es bedeutete, sie meiden zu können. Für den Heimweg hatte sie vor, eine der schönsten und weiträumigsten Fußgängerzonen Wiens zu nehmen – den Ottakringer Friedhof. Er lag an einem der Hügel der Stadt, denen die Wiener in weinseliger Vermessenheit allesamt Bergnamen gegeben hatten. Spittelberg, Kalvarienberg, Grünberg, Roter Berg, Wienerberg, Küniglberg.

Am Gallitzinberg lag der Ottakringer Friedhof. Und an dessen oberer Grundstückskante, hinter der letzten Grabreihe, lag, gleich einer Hoffnung auf Höheres, die Kuffner-Sternwarte. Untergebracht war sie in einem sympathischen Ziegelbau mit weinlaubumranktem Eingang und obligater Teleskopkuppel. Der Brauereibesitzer Freiherr Moritz von Kuffner hatte sie 1884 errichten lassen, ein Kunst- und Wissenschaftsbegeisterter, einer der schillerndsten Mäzene der Stadt, ein Philanthrop. Und weil er auch Jude war, konnte er froh sein, fanden viele Wiener, dass er gerade noch irgendwie lebend entwischt war, nachdem die Nazis 1938 in Wien gewaltsam die Macht übernommen hatten.

Kuffners Sternwarte besah nicht nur den Himmel über Wien, sie besah nach wie vor, still und unbemerkt, auch Wien selbst, diese dunkelhelle Metropole inmitten Europas, diese bitterbittersüße

Stadt, erbaut aus fideler Selbstüberschätzung und pathologischem Rausch.

Julia Stern indes ließ die am Rand der Weingärten liegenden Häuser hinter sich, ging die Funkengerngasse hügelabwärts und benutzte den unscheinbaren Hintereingang des Friedhofs. Kaum trat sie aus der engen Nische die letzten Betonstufen nach oben, wurde es himmelhell um sie. Und weit.

Entfernt unter ihr lag nun die Stadt, glitzernd bis in die Ferne, und ihr zu Füßen der Ottakringer Friedhof, wie ein einladender Teppich dorthin.

Julia spazierte nach unten, spazierte entlang der Lindenallee, vorbei an frisch aufgeschütteten Gräbern, vorbei an Kränzen, an steinernen Wasserbecken, an alten, sonnengegerbten Arbeitern, die mit Motorsensen Rasenstückchen fassonierten und noch immer kaum ein Wort der Landessprache beherrschten, tagsüber bei den Toten arbeiteten, den Abend mit ihresgleichen verbrachten. Wie also hätten sie die fremde, für sie holprigharte Sprache lernen sollen, und in ihrem Alter, es zahlte sich ohnehin nicht mehr aus. Und Julia spazierte weiter und weiter nach unten und weiter nach unten und weiter.

Halb träumend und wie um Zentimeter dem Boden enthoben bewegte sie sich. Und stieg über etwas und blieb nach fünf, sechs Schritten doch noch stehen und blickte zurück und erkannte das lose Köpfchen einer frischen Rose. Sie bückte sich und nahm das Köpfchen an sich. Wie weich, wie lebendig! Welch tiefes Rot! Und sie entschloss sich und wusste selbst nicht weshalb, nicht an der Rose zu riechen. An dieser so lebendigen Rose ohne Stiel.

Kurz darauf verließ sie den Friedhof über das Hauptportal, ging, immer noch hügelabwärts, vorüber an den Marktständen mit den Kränzen, Kerzen, Trockengestecken und ließ sich schließlich, wie etwas Leichtes, Treibendes, das der Strömung folgt, auf die Gallitzinstraße leiten, überquerte sie, schwappte vorbei am Gasthaus Grünspan, das auf Werbetafeln den *schönsten Gastgarten Wiens* beschwor, in der Hoffnung, die Gäste mochten es glauben irgendwann.

Bei der Endstation des Vierundvierzigers, dort, wo er eine weite Schleife nahm, um wieder stadteinwärts zu fahren, stieg sie in die Straßenbahn, bemerkte sich im spiegelnden Fenster. Das also war sie, eine Frau mittleren Alters. Das Bild war unvollständig und milde. So annäherungsweise konnte sie sich gut nehmen, so halb-halb gespiegelt war alles möglich. Hinter der Fensterscheibe zog das Café Ritter vorüber, die Ottakringer Brauerei, ihre gelben Fahnen, nervös flatternd im Wind.

Zwei Stationen später stieg diese Frau, die sie war, aus. Ging die paar Schritte von der Ottakringer

Straße zur Yppengasse und nach innen zum Yppenplatz. An einem der letzten unsanierten, nicht schick dachausgebauten Häuser der Stadt stand an der Gegensprechanlage ihr Name. Julia Stern. Wie jung dieser Name klang. Wie gut er zu ihr gepasst hatte, als sie ein Mädchen und auch noch als sie eine junge Frau gewesen war. Papa hatte den Vornamen ausgesucht, Mutter hätte Margot bevorzugt. Nun, Mutter hatte immer Wert darauf gelegt, vorausschauender zu sein als Papa. Aber wer weiß. Wenn sie nun zu sich stand, die etwas pummelige, zweiundfünfzigjährige, begnadet unsportliche Julia Stern einfach akzeptierte und ihren jugendlichen Namen nicht mit Wehmut, sondern keck, ja, keck aussprechen würde, dann passte er ja wieder zu ihr. Dann ja! Julia. Julia Stern! Papa, du. Du bist der Vorausschauende gewesen!

Sie drückte mit einem entschlossenen?, einem erleichterten?, einem zuversichtlichen Gesicht die Eingangstür auf. Welchen Vornamen ihr wohl Joseph Wasserstein gegeben hätte? Sie hielt inne. Morgen, dachte sie, frage ich ihn; frage ihn, welchen Namen er einem Kind gegeben hätte? Einem Mädchen, wenn er denn eines gehabt hätte. Ernsthaft?! Das frage ich ihn? Einfach so drauflos frage ich ihn das? Ja, Julia Stern, ja! Das fragst du ihn morgen. Einfach so fragst du ihn das. »Gut«, sagte Julia zu sich.

Sie legte die Hand aufs Geländer und nahm – Lift

gab es keinen – die verfluchten vier Stockwerke in Angriff.

Vor zehn Jahren, als sie in die kleine Dachwohnung gezogen war, hatte sie sich eingeredet, dass der Nachteil des fehlenden Aufzugs ein Vorteil sei, weil sie fit bleiben würde. Fit bleiben, pah! Was für ein Blödsinn! Julia keuchte, keuchte schwer. Aber ihr selbst gegebenes Versprechen, dass sie sich, oben angelangt, einen vollgeilen, vollunverschämten Schokopudding gönnen würde, gab ihr Auftrieb.

Schokopudding! Schokopudding machte schwere Glieder munter. Wenn, dann Schokopudding.

Achtzig, einundachtzig, zweiundachtzig. Dritter Stock erledigt. Stairway to Heaven, Schokopudding. Dreiundachtzig, vierundachtzig, fünfundachtzig. Schokopudding!

Wohnungstür. Kramen nach dem Schlüssel. Aufsperren. Rein, rein, rein! Tür zu! In die Küche, Besteckladе auf, Löffel! Kühlschrank auf.

Schokopudding, ja!

Julia schmiss sich mit dem Becher aufs Sofa. Und der Schokopudding schmiss sich in sie. Ja!

Als sie ihn löffelte, eigens üppig, eigens löffelübervoll, weil man Schokopudding unverschämt üppig und lukullisch löffeln musste, so, als läuteten Himmelsglocken die letzten Momente der Menschheit ein oder das Paradies, da dachte sie an … an … nichts. Da war nur … der Moment. Und der … Moment. So musste Erleuchtung sein, so das Abdriften eines Mönchs auf dem Himalaya in die Sphären der Seligkeit. Das überirdische Glück der Meditation. Ohhmmm! Schokooooo-puuuuu-diiiii-nnng!

Als Julia Stern die letzten Schlieren im leeren Becher auskratzte und auskratzte und – seufzend – nochmals auskratzte, begann ihr Kopf wieder zu denken, plumpste der Himalaya-Mönch aus den Wolken. Und sie dachte an Hakim. Was für ein feiner Mensch, dachte sie, was für ein netter, lebensfroher, wohltuender Mensch. Schade, dachte sie und wollte es nicht denken, aber es war ja schon zu spät, schade, dass er nicht mein leiblicher Vater ist. Und als müsste sie sich korrigieren oder als hätte Joseph Wasserstein ihre Gedanken gelesen und sollte getröstet werden, dachte sie, dass Joseph hinter seiner gewöhnungsbedürftigen Fassade gewiss ja auch … nun … etwas hätte. Aber bei Hakim war schon das Äußere Teil des Kerns. Wie wohltuend das war, wie ansteckend.

Am nächsten Tag, nach ihrer Arbeit im Wien Museum, wählte Julia Stern wieder den Weg über den Ottakringer Friedhof, um zur Villa zu gelangen. So hielt sie es auch in den Tagen darauf. Und selbst zwei Wochen später hielt sie es noch so, besuchte Joseph und Hakim, als wäre nichts geschehen, obwohl doch ganz Wien und freilich auch der Rest der Welt kopfstand und nur noch über eines redete.

# ZWEITER TEIL

## – 0 –

»Meine Süßigkeit!« Hakim war freudestrahlend aufgesprungen und Julia mit fliegenden Armen entgegengekommen. Er hatte sie rechts und links abgebusselt, an den Schultern genommen, sie mit ausgestreckten Armen betrachtet und befunden: »Wie hübsch du heute wieder bist!«

Joseph las derweil Zeitung. Eigentlich steckte er in der Zeitung. Saß, wo er immer saß, auf seinem Platz am Terrassentisch.

»Servus, Joseph«, sagte Julia im Nähergehen und berührte ihn – das hatte sie gar nicht vorgehabt – am Rücken. Zum ersten Mal tat sie das. Ihre Fingerkuppen streiften, es war nur ein Hauch an Berührung, den Stoff seines schwarzen Hemdes. Joseph durchfuhr ein Schauer, kurz schlossen sich seine Augen, dann wandte er Julia das Gesicht zu und lächelte. In seinem Blick: versteckte Seligkeit. »Servus, Julia.«

»Ist es nicht eigenartig«, begann Joseph, um seiner Verlegenheit keinen Raum zu geben und auch nicht dem harmlosen verräterischen Glück, das ihn gestreift hatte. Doch plötzlich hatte er den Faden verloren.

»Was denn, Joseph?«, fragte Hakim. »Was ist eigenartig?«

Nun wusste er es wieder. »Na ja, das, was wir da machen, ist eigenartig: alte Fotos durchgehen für einen historischen Sammelband, während die Menschheit an einem Wendepunkt steht.« Joseph schlug mit dem Handrücken gegen die großformatige Zeitung und legte sie auf den Tisch.

Alle drei blickten auf das Bild der Titelseite. Es war noch schärfer als die bisherigen Aufnahmen. Die Konturen des Luftschiffs waren deutlich zu erkennen.

»Ich finde es entzückendlich, dass sie weiblich sind«, sagte Hakim.

»Das weißt du doch nicht. Nur weil die Stimme weiblich ist, heißt das nicht, dass sie alle weiblich sind.«

»Aber es ist zumindest ein Hinweis. Ein Zeichen.«

»Ein Statement«, sagte Julia.

»Genau, ein Statement«, sagte Hakim.

»Wieso ein Statement? Es ist ja auch kein Statement, dass die Ankünfte und Abfahrten der Bundesbahn von einer Frau gesprochen werden. Oder die Wetternachrichten. Oder die Horoskope.«

»Das ist was anderes. Wetten, dass für die Menschheit keine Frau als Sprecherin ausgewählt wird. Bis jetzt ist nur der UN-Generalsekretär im Rennen.«

»Die Menschheit wird sich auf gar niemanden einigen«, meinte Julia, »weder auf eine Frau, noch auf einen Mann. Schaut euch doch an, wie sie alle durcheinanderreden, die Amerikaner, die Russen, die Chinesen, die Europäer.«

»Der Papst, der Ajatollah, der Dalai-Lama«, ergänzte Joseph.

»Die neuen Hippies und die alten Verschwörungstheoretiker, die Künstler, die Wissenschaftler, die Bezos, Zuckerbergs, Gates und Musks«, sagte Julia.

»Sie reden zwar durcheinander, aber eine Wenigkeit wenigstens haben sie gemeinsam«, bemerkte Hakim mit sichtlicher Vorfreude. »Das Zumpfi. Alle sind ganz superwichtige, ein bisschen erwachsen gewordene Buben.«

Joseph quittierte Hakims Anmerkung mit einem Seufzen. Eine Pause trat ein. Bis Joseph sagte: »Ich wäre für Barack Obama. Ich finde, er sollte mit ihnen reden. Er ist smart. Und immerhin war er der Erste, der ihre Existenz offiziell zugegeben hat.«

»Würde mir auch gefallen«, meinte Julia. »Bevor Obama bestätigt hat, dass es da draußen Raumschiffe gibt, ist man im besten Fall belächelt worden, wenn man intelligentes außerirdisches Leben für wahrscheinlich gehalten hat.«

»Vielleicht«, kam Hakim auf das Thema zurück, »klingt die Stimme ihrer Chefin oder Sprecherin, oder was auch immer sie ist, ja auch nur weiblich. Wäre doch möglich, dass es keine weiblichen Wesen sind, sondern nur welche mit weiblicher Stimme.«

Joseph lehnte sich zurück. »Du meinst, in Wirklichkeit sind das da oben Typen in Strumpfhosen, die ihre Stimme verstellen, um uns reinzulegen?«

»Auch möglich, Joseph. Lustig! Wie schön, du bist lustig! Aber nein. Weißt du, mein Lieber, vielleicht haben sie ja gar kein Geschlecht. Vielleicht haben sie die Phase der Trennung hinter sich gebracht und vereinen das Schöne beider Geschlechter.«

»Du meinst, die Außerirdischen sind so eine Art Transgender-Aliens?«

»Du bist politisch inkorrekt wie immer, Joseph.«

»Den Außerirdischen wird's wurscht sein.«

»Habt ihr schon gehört, in wie vielen Sprachen sie ihre Botschaften bisher vermittelt haben? Weltweit sind sechstausend gemeldet worden. Die Weltsprachen, inklusive Mandarin und Hindi, aber auch Arabisch, Bengali, Suaheli, Urdu, Strichmännchen-Gebärdensprache und Superexotisches wie Grönländisch und Inuktitut und Tiwi und weiß Gott was noch alles. Und die Nachrichten kamen überall auf dem Globus auf die Hundertstelsekunde gleichzeitig an und überall mittels sämtlicher technischer Kanäle.

Handys, Radio, Fernsehen, Computer, öffentliche Lautsprecher. Alles synchron, wie von Geisterhand gesteuert.«

»Schon großartig«, sagte Joseph amüsiert, »seit Jahrzehnten sucht die Menschheit im All nach primitiven Lebewesen, nach Mikroben, irgendwelchen Zellhaufen, und dann plötzlich das Gegenteil: eine höchstentwickelte Zivilisation. Und nicht wir finden sie, sondern sie uns. Sie sind es, die primitives Leben entdeckt haben.«

»Und diese unglaubliche Geschwindigkeit, mit der sich ihr Raumschiff bewegt. Diese Aufnahme, auf der es am Himmel über etliche Kilometer hin und her zuckt, als würde es, ich weiß nicht, von einem Finger am Screen einfach schnell einmal hin- und hergeschoben.«

»Hören wir uns«, schlug Hakim vor, »ihre Nachricht heute gemeinsam an? Sie kommt sicher wieder zur selben Uhrzeit. Neunzehn Uhr, zwölf Minuten und siebzehn Sekunden, wie gestern und vorgestern.«

»Gerne«, sagte Julia. »Gestern habe ich sie bei mir in der Wohnung im Radio gehört. Auf Ö1 lief gerade Smetanas *Má vlast.* Ich hab die Dachfenster zum Yppenplatz weit offen gehabt. Und ein paar Sekunden, oder war es eine Minute, kurz jedenfalls bevor ihre Stimme die Sinfonie unterbrochen hat, sind auf einmal Vögel, hauptsächlich Krähen, wie aufgebracht durcheinander über dem Platz geflogen. Es war eine ganz seltsame Stimmung. Sie sind anders geflogen als sonst, ich kann gar nicht sagen, was genau anders daran war, sie flogen kreuz und quer, der Himmel war voll von ihnen. Es war ein Durcheinander wie nach einem Alarm, aber einem wohlmeinenden Alarm. Jeder Vogel schien eine eigene Bahn zu ziehen und doch wirkte es komponiert, es war ein Auf und Ab, ein Hin und Her und ein Kreisen, und es geschah ganz still, kein Schrei, kein Pfeifen, nichts war zu hören, nur dieses energische Flügelschlagen knapp über den Dächern. Ich wohne schon so lange am Yppenplatz, aber so etwas, so eine Atmosphäre habe ich noch nie erlebt.«

»Hier bei uns habe ich nichts Außergewöhnliches bemerkt«, sagte Hakim. »Du, Joseph?«

Joseph verneinte mit einer minimalistischen Kopfbewegung.

»Wir können heute vor der Ansprache ja beobachten«, sagte Hakim, »ob die Krähen auf flugs und vogelfrei machen. Vögel haben wir hier ja genug.«

»Verrückte Vögel«, brummte Joseph, ohne Hakim anzusehen, »haben wir hier allerdings.«

Die drei vereinbarten, bis zur erwarteten Rede Fotos durchzugehen. In den letzten beiden Wochen hatten sie Josephs Archiv so viele Aufnahmen entnommen, dass es nicht nur für den von Julia angeblich geplanten Sammelband reichte, sondern für eine ganze Bibliothek. Und obwohl alle drei das dachten, sprach keiner es aus. Und obwohl Julia wusste und die beiden alten Männer ahnten, dass etwas anderes hinter ihren vertraut gewordenen Treffen steckte, taten alle, als wäre nichts. Und obwohl alle drei taten, als wäre nichts, sahen sie einander an der Nasenspitze an, dass da etwas war.

Julia sprach es nicht aus, weil sie fürchtete, alles zu zerstören, wenn sie Joseph offenbarte, dass sie seine Tochter war.

Hakim behielt es für sich, weil er fand, besser könnte es kaum werden. Er genoss es, Zeit mit der rotbäckigen, so gewinnend natürlichen Julia zu verbringen. Und er genoss es zu erleben, wie sein alter griesgrämiger Freund Joseph dank ihrer Gegenwart aufblühte und wieder Interesse am Leben zeigte.

Joseph wiederum glaubte, alles zu wissen und zu durchschauen. Es war doch zu offensichtlich, dafür hatte er einen Blick, dass Julias Interesse für ihn über das hinausging, was sie zugab. Bloß an einem Sammelband behauptete sie zu arbeiten, mit ihm als einem von vielen Fotografen; Thema sei Leben, Kunst und Alltag in Wien der letzten hundert Jahre. Schmonzes. Das konnte sie vielleicht Hakim weismachen. Aber doch nicht ihm. Er wusste, was gespielt wurde. Garantiert arbeitete sie an einer Biografie, traute sich das aber nicht zu erwähnen, weil er dafür bekannt war, niemanden mit derlei Ambitionen auch nur in seine Nähe zu lassen. Irgendwann einmal – Joseph genoss es, das abzuwarten – irgendwann würde Julia schüchtern damit rausrücken, dass sie ein Buch über ihn und nicht bloß irgendeinen Sammelband machen wolle. Darauf könnte er – wie er sich darauf freute! – augenzwinkernd antworten, dass er sich etwas in die Richtung schon gedacht habe, er sei ja nicht auf den Kopf gefallen, und dass er für sie, die Leiterin des Kunst- und Zeitgeschichtearchivs im Wien Museum, und noch mehr einfach für sie, die liebe Julia – an dieser Stelle würde er sich einfach einmal trauen, Gefühle zu zeigen –, dass er für sie, die zur Freundin Gewordene, wirklich sehr, sehr gerne eine Ausnahme mache. Und dass er sich darauf freue, auf diese Weise noch mehr Zeit mit ihr zu verbringen. Julia – Joseph sah es vor sich, als geschähe es bereits in diesen Momenten – würde erleichtert sein und sich ans Herz greifen und sagen, ach, wie schön! Und er könnte wie im Spaß seine Hände auf die Oberschenkel klatschen lassen und antworten, tja, da ist es einer charmanten, kompetenten Frau wohl gelungen, den berühmt-berüchtigten Joseph Wasserstein erstmals zu einer Biografie zu überreden.

»Joseph?«

Aber ein Schlitzohr war er schon, dachte Joseph, da wusste er längst alles und ließ die liebe Julia noch immer im Ungewissen, anstatt sie zu beruhigen, anstatt ihr zu sagen, dass er ohnehin auf ihrer Seite war.

»Joseph, alles okay?«

Zuletzt hatte er, um ihr wenigstens kleine Zeichen zu geben, immer wieder einmal Privatbilder auf den Tisch gelegt, sie heimlich unter die künstlerischen Aufnahmen gemischt. Dafür hatte er nachts seine Schubladen durchstöbert. Für niemanden sonst hätte er das gemacht, aber für Julia, für diese junge Frau, nun, jung war sie ja nicht mehr, aber für ihn war sie seltsam jung, für sie empfand er … er wusste nicht so recht … empfand er, verflucht, jedenfalls empfand er etwas, das er nicht gedacht hatte, jemals empfinden zu können. Klar, das war lächerlich, Sentimentalitäten waren das, Zeichen von Torschlusspanik vor dem Abkratzen, irgendwas in dieser Kategorie.

»Joseph!«

Hakim rüttelte ihn am Arm.

Sein alter Freund schreckte hoch. »Herrgott, was!?«

»Joseph, um Himmels willen! Wir haben schon geglaubt, du hast einen Hirnschlag oder so was«, sagte Hakim. Auch Julia blickte besorgt.

»Ach was, ihr zwei Schisser. Hirnschlag. Schmonzes!«, rief Joseph. »Können wir jetzt endlich weitermachen!?«

Um die Situation zu beruhigen, nahm Julia ein Foto aus dem Karton. »Was ist denn das für eine schöne Aufnahme?«, sagte sie. »Stilistisch fällt sie aus der Reihe, aber ich finde sie sehr berührend.« Auf der Schwarz-Weiß-Aufnahme waren eine Frau und ein Mann zu sehen, die nebeneinandersaßen, in die Kamera lächelten und die Köpfe aneinandergelegt hatten.

»Ach«, sagte Joseph, »das Foto muss irrtümlich reingerutscht sein, das sind meine Eltern.«

»Wie lieb! Es wirkt, als ob sie ihre Köpfe eigens für diese Fotografie so zusammenkuscheln«, fand Hakim.

»Kann schon sein«, murrte Joseph, als wäre die Sache keiner Rede wert, »ich muss noch ein Bub gewesen sein, als ich das Foto von ihnen gemacht hab.«

Hakim nahm die Aufnahme an sich. Er habe von seinen Eltern kein einziges Bild, auf dem sie gemeinsam drauf seien. »Du kannst froh sein, Joseph, dass du so ein Foto hast.«

»Ich bin ein alter Mann, was soll ich jetzt noch groß damit.«

»Im Herzen«, sagte Hakim, »bleiben Eltern für Kinder immer Mama und Papa.« Und andersherum, sagte Hakim, sei es genauso. In den Herzen der Eltern blieben ihre Kinder immer weich und beschützenswert.

Kann schon sein, wollte Joseph wie uninteressiert sagen, da kann ich nicht mitreden, wollte er abwehren, doch er hatte beim Anblick des Bildes seiner Eltern plötzlich so ein Gefühl in der Brust und daher sagte er gar nichts, konnte er gar nichts sagen, es war auf einmal auch so ein Drücken in seinen Augen, so ein blödes sentimentales Drücken.

Massives Rauschen mit einem Mal. Wuchtig. Wie von überall. Ein Sturm in der großen Linde. Vögel! Sie stoben auf. Ein Schwarm schwarzer Vögel, nichts weiter, kein Grund zur Sorge.

Alle drei blickten den Krähen nach. Sahen daraufhin einander an und unmittelbar, als hätten sie es vereinbart, auf ihre Uhren.

»Ist noch etwas zu früh«, sagte Joseph.

»Lasst uns trotzdem schon einmal das Radio aufdrehen.«

»Machst du es bitte, Liebes?«, bat Hakim.

»Das Kofferradio steht gleich da hinten im offenen Schrank.« Joseph deutete in die Richtung, »Hol es doch bitte her und stell's zu uns auf den Tisch.«

Im Radio lief eine Diskussionssendung. Offenbar hatte der Sender Wissenschaftler eingeladen. Der Moderator sagte in ruhigem, sachlichem Ton, dass es nun bald so weit sei, sollten die unbekannten Besucher ihre Nachricht denn wieder zur gleichen Zeit senden wie gestern und vorgestern. Die geladenen Wissenschaftler spekulierten über die Herkunft und die Absichten der interstellaren Besucher und einig waren sie sich darin, dass aus ihren bisherigen Mitteilungen nicht mehr herauszuhören gewesen war, als dass sie a: intelligent waren und b: offenbar friedlich. Wer weiß, meinte der junge, aus Internet und Fernsehen bekannte Physiker mit den langen fettigen Haaren und dem Ziegenbärtchen, der von den Medien für seine Originalität geschätzt wurde, wer weiß, fragte er, ob die Weltenreisenden überhaupt das seien, was alle glaubten, nämlich Abgesandte oder Forscher eines anderen Planeten. Es könnten doch auch gelangweilte außerirdische Milliardäre sein, die als Touristen durchs All jetteten und über der Erde einen Sightseeing-Stopp einlegten.

Die wissenschaftliche Community hasste ihn für derlei Einfälle. Das Publikum war gespalten.

»Witzig!«, rief Hakim.

»So ein Idiot«, befand Joseph.

»Könnte doch stimmen, was er sagt«, meinte Julia.

»Nun sind es nur noch wenige Augenblicke bis zur üblichen Sendezeit der extraterrestrischen Besucher«, sagte der Moderator mit leicht nervösem Vibrato in der Stimme, aber doch sehr um Sachlichkeit bemüht. »Wir wollen«, setzte er fort, »die restlichen Sekunden bis zur erwarteten Übertragung still verbringen.«

Tick, tick, tick. Der Sender spielte dezentes Sekundenticken ein.

»Ein bisschen wie vor Mitternacht zu Silvester«, sagte Hakim.

Tick, tick, tick.

»Da würden sie grölend den Countdown zählen«, antwortete Julia.

»Machen sie sicher in den nächsten Tagen, wenn ihnen nichts Blöderes mehr einfällt«, sagte Joseph.

Tick, tick, t… *Willkommen, Menschen! Mein Name ist Malina. Wir freuen uns, bei euch zu sein. Ihr seid unsere Kinder.*

…

…

…

»Ja, meine Damen und Herren, das scheint es gewesen zu sein«, sagte der Moderator.

Julia griff nach vorne, drehte das Radio aus.

»Kurz und bündig wie die letzten beiden Male«, sagte Joseph. »Außergewöhnlich für eine Frau.«

»Joseph!«, rief Hakim. »Schon wieder! Du bist schon wieder sexistisch!«

»Ich mag ihre Stimme«, sagte Julia.

»Ja, sehr angenehm«, pflichtete Joseph bei.

»Ihre Stimme ist berührend«, meinte Hakim. »Vertrauenerweckend.«

»Jetzt kennen wir endlich ihren Namen: Malina.«

»Klingt ein wenig asiatisch«, fand Julia.

»Oder slawisch«, bemerkte Joseph.

»Klingt aber auch«, sagte Hakim und schwang entlang der Silbenfolgen seine Arme, »viktorianisch, venezianisch, venusianisch.«

»Klingonisch«, vollendete Joseph.

»Warum es immer nur so kleine Happen sind: *Willkommen, mein Name ist Malina. Wir freuen uns, bei euch zu sein, ihr seid unsere Kinder.* Ein bisschen mehr an Information wäre schon nett.«

»Vielleicht«, spekulierte Joseph, »wollen sie uns einfach nur hinhalten und bereiten in der Zwischenzeit unsere Zerblasterung vor, unsere Zerlaserung, Atomisierung.«

»Unsere Verballhornung«, sagte Hakim.

»Mich wundert's ja, dass auf der Erde noch keine Idioten die Idee hatten, auf ihr Schiff zu feuern.«

»Wart's ab, kommt noch.«

»Ich hab plötzlich Lust auf Bier«, sagte Hakim. »Ihr auch?«

»*Willkommen, Menschen!* So beginnt diese Malina jetzt schon zum dritten Mal«, stellte Joseph fest. »Aber was soll das heißen: Willkommen, Menschen? Sie sind doch zu uns gekommen, nicht wir zu ihnen. Willkommen, Menschen. Das ist doch unlogisch.«

»Ich hab Lust auf Bier«, wiederholte Hakim.

»Vielleicht meint sie das nur wie irgendwelche Rockstars, wenn sie auf Tour sind. Die bedanken sich ja auch fürs Kommen der Leute, obwohl sie in die Stadt der Leute gekommen sind.«

»Ist eine Möglichkeit.«

»Lust auf Biii-iiiiiier!«

»Ich hab eigentlich auch Lust auf ein Bier«, sagte Joseph.

»Und ich«, sagte Julia »auf einen G'spritzten!«

»Und hungrig bin ich auch.« Hakim sprang auf, schob den Sessel beiseite. »Ich gehe zu mir rüber und mach uns was.«

»Ich helf dir.« Auch Julia stand auf. »Und dann treffen wir uns wieder auf der Terrasse.«

»Ja, wir bringen das Essen«, beschloss Hakim, »und du, Joseph, holst Veltliner und Mineralwasser für Julias G'spritzten.«

Für den Weg durch die beiden Gärten zu seinem Häuschen bot Hakim Julia seinen Arm an, als lüde er sie zu einem Abenteuer. Julia hakte sich unter.

»Ich freue mich so«, sagte Hakim und drückte ihre Hand. »So freue ich mich«, wiederholte der alte Tänzer, »dass du bei uns bist, weißt du, einfach, dass du bei uns bist!«

»Hakim, ich freu mich wirklich auch. Ihr seid so nett zu mir. Auch Joseph«, sagte sie, »auch Joseph ist wirklich nett.«

»Weißt du, er tut sich halt ein bisserl schwer, na ja, mit dem Reden und seinen Gefühlen und besonders ein bisserl mit dem Über-seine-Gefühle-Reden.«

Julia nickte leise.

»Aber für seine Verhältnisse«, meinte Hakim, »benimmt er sich ohnehin schon extrovertiert.«

Julia legte den Kopf schief.

»Nein, wirklich! Merkst du es nicht? Auf seine alten Tage blüht er richtiggehend auf. Und das hat er und haben wir … na du weißt schon«, sagte Hakim, »wem wir das zu verdanken haben.«

»Ist lieb von dir. Für mich ist es auch wirklich, wirklich fein bei euch. Es ist gar nicht so leicht, Menschen und einen Ort zu finden, wo man entspannt sein kann.« Kurz überlegte Julia, ob sie es sagen sollte – und sagte es: »Wo man sich wie daheim fühlen kann.«

Sie betraten Hakims Häuschen.

Ataraxia, Aponia und Eudämonia kamen ihnen entgegen, als hätten sie vorhergesehen, wer und was gleich eintreten würde. Mit antennenhoch aufgestellten Schwänzen, ataraxiaweiß, aponiaschwarz, eudämoniarot, schmiegten sie sich an Hakims Beine und – als kennten sie Julia – an ihre.

»Sie sind hungrig«, sagte Hakim.

»Was kriegen sie? Darf ich es ihnen geben?«

»Ja, da drüben. Spatium. Das durchsichtige große Sackerl, ja, das da drüben. Sie wollen nur diese Marke, mit was anderem lassen sie mich einfach abblitzen.«

»Sie miauen gar nicht«, bemerkte Julia. »Ich kenne nur Katzen, die wie verrückt, ja oft wie übergeschnappt miauen, wenn man heimkommt und sie haben Hunger.«

»Sie miauen nie«, antwortete Hakim. »Sind vielleicht die einzigen Katzen der Welt, die einfach nicht miauen. Sind immer ganz ruhig. Aber sie schnurren. Und manchmal brummen sie auch, wie kleine Transformatoren mit Fell.«

Julia füllte die drei Schüsselchen unter Hakims Esstisch. Das Trockenfutter rieselte klingelnd in die Keramiken und die drei machten sich, sternförmig rundumstehend, darüber her. Ataraxia, die Weiße, Aponia, die Schwarze, Eudämonia, die Rote.

»Ich habe noch nie Katzen derart appetitlich essen … fressen gesehen«, sagte Julia.

Hakim hatte begonnen, arabisches Allerlei zuzubereiten. Er schnippte mit den Fingern, summte eine Melodie und tanzte von Zutat zu Zutat. Die verschiedenen Gemüse und Käse und Teigtaschen und Gewürze schienen ihm wie in der ihnen entsprechenden Reihenfolge in die Hand zu gleiten, sich wie von selbst zu arrangieren auf dem ovalen

Silbertablett. Fein geschnittene Minze mengte sich ins Couscous und Zitrone träufelte sich darüber und Oliven schmiegten sich und eingelegte, gegrillte Paprika legten sich, und Mandeln und Datteln und Humus und Zatar und und und. Und Hakim tanzte dazu.

Sein Häuschen bestand aus nicht mehr als drei Zimmern: der bis über die Wände bunt und exotisch vollgeräumten Wohnküche, von der aus in seinen Garten zu sehen war, und dahinter einem kleinen Schlafzimmer und dem Badezimmer. Und Hakim schnippte, und Hakim wogte, und Hakim summte und das Kunstwerk aus mediterranen und arabischen Spezereien wuchs. Julia schien, als entstünde hier nicht nur wunderbares Essen, sondern ein Versprechen auf Leben.

Als Julia und Hakim mit dem beladenen Tablett und einem Korb warmen Fladenbrots zu Josephs Terrasse kamen, saß der Hausherr schon breitbeinig da, vor sich eine Flasche Bier, ihm gegenüber eine zweite für seinen Freund, und noch während sich Julia setzte, schenkte er für sie den ersten G'spritzten ein.

Der Abend war lau und das vergehende Licht schmeichelte ihnen. Sie zündeten Öllämpchen an auf dem Tisch und rundum auf der Terrasse und vom parkgroßen verwilderten Garten kam mit dem

Zirpen der Grillen und dem Geäst-Rascheln der Amseln jener unverwechselbare Duft von Sommer über sie, der vergessen machte, dass das Leben nicht nur und immer aus jenem unverwechselbaren Duft, jenem Gefühl ewigen Sommers bestand.

Weil sie dieses Jetzt nicht loslassen mochten, aßen Julia und Hakim und Joseph mehr, als um ihren bloßen Hunger zu stillen. Und sie tranken, nun ja, sehr viel mehr als nötig gewesen wäre, um bloß ihren Durst zu stillen. Alle drei spürten, dies war ein Abend, an dem das Leben spendabel war und sie nur zugreifen mussten, einfach nur zugreifen und immer wieder zugreifen, um es wahr werden zu lassen und immer wieder aufs Neue wahr.

»Prost, meine Lieben!«, rief Hakim.

»Prost! Auf euer Wohl, meine Lieben!«, rief Joseph, und Hakim und Julia sahen einander staunend an, doch eigens nur kurz, verständig kurz, damit Josephs Übermut nur nicht zerstört würde. Und Julia – nun ja, nach drei G'spritzten ging ihr das locker von der Brust – stieß einen spitzen Freudenschrei aus.

Und die drei aßen und tranken. Und als sie voll, so richtig voll waren und nichts mehr essen konnten, da, nun ja: Trinken konnten sie noch.

Und sie plauderten über Wichtiges und Unwichtiges und lachten, weil alles eins war, und als das

Essen längst vorbei war, sagte Julia noch einmal: »Was für ein sinnliches Erlebnis!«

Zuvor hatte Hakim darauf geantwortet, »mit lieben Freunden wird jedes Essen zum Festessen«. Nun sagte er, Essen sei »wie Bauchtanz für die Seele« und »zeitlose Zeit die beste Zutat«.

»Wiener Schnitzel wären jetzt super«, fiel Joseph ein, während er mit den Fingern letzte Körnchen Couscous von der Platte klaubte. »Wiener Schnitzel hättest du machen müssen.«

»Bist du deppert«, sagte Hakim, »du redest von Schnitzel, nachdem Julia und ich so sinnliches arabisches Essen zubereitet haben! Wenn du Wiener Schnitzel willst, musst du sie selber machen, weil du«, er zeigte auf ihn, »du bist … *da Weana!* Und i« – Hakim sprach weiter eigens Mundart und wies mit beiden Zeigefingern auf seine krausen Haare – »i bin da *Arrrabba.*«

»Aber ich kann nicht kochen«, sagte Joseph.

»Du willst nicht kochen. Du bist faul! Und du bist feig! Traust dich nicht kochen. Faul und feig bist du. Du … du …« – Hakim tat, als suchte er nach einem möglichst schlimmen Schimpfwort – »du *Weana!*«

»Ja, ja, du *Arrrabba*«, machte Joseph Hakim nach, wie der weiß Gott wen nachmachte. Unmittelbar darauf, als hätten sie die Nummer einstudiert, griffen die beiden alten Männer in derselben Sekunde nach ihren Bierflaschen und prosteten einander zu. *Klack-klack. Klack.*

»*Arrrabba*«, probierte Hakim es noch einmal aus.

»*Weana*«, ergänzte Joseph. Und dann banden sie auch Julia ein, in ein erneutes Zuprosten und Gläser Zusammenstoßen.

Die Erde indes stürzte weiterhin torkelnd um die Sonne, Dunkles ums Licht. Und die Grillen zirpten.

»Wir wissen noch immer nicht«, kam Julia ansatzlos und mit leichtem Zungenschlag auf das Thema der interstellaren Besucher zu sprechen, »warum diese Malina *Willkommen, Menschen* sagt, obwohl doch sie gekommen sind und nicht wir.«

»Vielleicht steht ihr Raumschiff ja still und unser Universum hat sich zu ihnen hinbewegt«, antwortete Joseph und unterdrückte ein Rülpsen.

»Rätsel über Rätsel«, sagte Hakim angeheitert.

»Vielleicht hat diese Malina und ihre Mannschaft …«

»Frauschaft«, warf Hakim ein.

»Vielleicht hat Malina und ihre regenbogenfarbene, transgendersexuelle Strumpfhosenbrigade«, korrigierte sich Joseph, »vielleicht haben die alle miteinander noch einen ordentlichen Jetlag von der Reise. Vielleicht bringen sie die Dinge durcheinander, genauso wie wir es manchmal tun. Vielleicht sind sie ein bisserl wie wir und nicht die Überdrüber-

Aliens, sondern ganz normale Leute mit Fehlern und Schwächen und … und … Blödsinn im Kopf.«

Julia und Hakim nickten gedankenschwer. Und nahmen noch einen kräftigen Schluck. Und noch einen.

»Prost«, sagte Julia.

»Prost«, riefen die alten Männer.

Und dann nahmen sie alle noch einen Schluck, einen kräftigen.

»Wenn dieses Ding«, sagte Joseph, »dieses ihr Raumschiffdings, wenn das nicht da oben schweben würde über dem Ozean, würde ich das Ganze sowieso für einen Schwindel halten. Aber ihr Luftschiff, na ja, das hat schon was.«

»Ja, echt fantastoplatisch«, pflichtete Hakim bei. »Und die Kommandantin Malina sowieso.«

»Jetzt ist sie schon Kommandantin!« Joseph stellte sein Bier unabsichtlich etwas zu fest auf den Tisch. »Als Nächstes sagst du, sie ist die Herrscherin des Universums und die Allmutter. Aber, mein traumtänzerischer Traumnachbar, vielleicht ist sie einfach nur die Telefonistin von dem fliegenden Ding.«

»Malina, glaube mir mein Lieber, ist die Kommandantin. Und wir sind ihre Kinder. Du, Joseph, und ich und Julia und alle andern Erdenbewohnerlinge, so hat sie es gesagt. Und weil du meinst Telefonistin, das bringt mich auf eine Idee. Vielleicht ist Malina gar nicht auf dem Schiff. Auf diesem«, Hakim hatte Schluckauf bekommen, »auf diesem«, nun musste er lachen, »auf diesem … Mutterschiff. Vielleicht benutzt sie es nur als Sender.«

»Als Sender. Das ist ja ganz eine neue Idee von dir! Diese Malina, die unsere Mutter ist, wie du sagst, die ist gar nicht auf dem Schiff, sondern redet nur über das Schiff mit uns. Dann ist ihr Raumschiff also so etwas wie ein Babyfon.«

»So könnte man es sagen.« Hakim nickte zufrieden. »Aber auch wenn sie nicht auf dem Schiff ist, nicht auf dem Mutterschiff, hat sie nichts desto trotzdem eine wichtige Position, eine Kommandoposition, eine mütterliche. Für uns. Und das Mutterschiff.«

»Eine mütterliche. Für das Mutterschiff.«

»Ja.«

»Und für uns auch.«

»Meine Lieben«, sagte Julia, »ich glaube, für mich ist es an der Zeit, heimzugehen.«

»Nein!«, reagierten Joseph und Hakim unisono.

»Du kannst doch noch nicht gehen«, sagte Hakim.

»An so einem historischen Tag«, ergänzte Joseph.

»Genau«, sagte Hakim. »An so einem historischen Tag.«

»Und wir müssen ja auch noch klären«, sagte Joseph, »wie die Lage mit diesen lesbischen Aliens nun genau einzuschätzen ist.«

»Joseph!«

»Tschuldigung.«

»Leute, ich gehe jetzt«, sagte Julia. »Der G'spritzte saust mir schon im Kopf herum. Und morgen ist ja auch noch ein Tag. Und Malina und die Aliens … wie auch immer. Jedenfalls bis morgen, meine Lieben!«

Julia schnappte ihre Tasche, strich den beiden Alten über die Schulter und verschwand im Dunkel des Gartens.

»Jetzt hast du sie vertrieben«, sagte Joseph zu Hakim.

»Du hast sie vertrieben!«

»Nein du!«

»Du!«

…

»Arrrabba!«

»Weana!«

# – 1 –

So bündig die jüngste Nachricht der extraterrestrischen Besucher auch gewesen war, die Menschen kamen auf keinen gemeinsamen Nenner, was sie zu bedeuten hatte. Der Streit begann schon beim Namen der Sprecherin. Malina. Es gab kaum eine Auslegung, auf die Experten der verschiedensten Fachrichtungen nicht verfielen. Der Name Malina sei nur scheinbar weiblich, in Wirklichkeit männlich. Der Name weise auf Geschlechtslosigkeit hin. Das kleine l und das i ausgerechnet in der Mitte des Namens sei ein Hinweis auf die Achsenpositionierung ihres Muttersterns. Der Name sei nur scheinbar ein Name, tatsächlich ein mathematischer Code. Eine astronomische Chiffre. Ein Kryptogramm. Ein Symbol des Friedens. Eine geometrische Gleichung. Ein religiöses Hexagramm. Ein poetisches Arkanum. Jedenfalls ein Rätsel, das es zu lösen gelte. Nur manche meinten: Vielleicht heißt die Frau einfach Malina.

Und dann erst die Schlussbotschaft: *Ihr seid unsere Kinder.* Das gab der Welt den Rest. Philosophen, Anthropologen, Symbologen, Psychologen, Kosmologen, Theologen, Biologen gingen aufeinander los, dass es eine Freude war für Soziologen.

Freilich rauchten nicht nur die wissenschaftlichen

Köpfe. Die Menschen von Caracas über Nairobi bis Adelaide, von Murmansk über Pforzheim bis Port Elizabeth debattierten, was zum Teufel die Worte der Besucher wohl bedeuten mochten.

Als Julia Stern den Garten Joseph Wassersteins am späten Nachmittag betrat, saßen die beiden Alten bereits in gewohnter Zweisamkeit auf der Terrasse. Julia hielt inne. Joseph und Hakim hatten sie noch nicht bemerkt. Die beiden … schwiegen miteinander. Taten nichts. Redeten nichts. Schwiegen miteinander. Josephs Gesicht zeigte nicht die Spur eines Gedankens. Und Hakim schien darauf zu warten, dass etwas geschah, irgendetwas. Dass sich eine Fliege auf seinen Handrücken setzte. Ein Käfer seinen leeren Blick kreuzte.

Tatsächlich dachte Joseph darüber nach, worüber er oft nachdachte, ob nämlich der Mensch nur denken kann, was er denken muss, oder ob er frei ist zu denken, was er zu denken beabsichtigt. Immer wieder musste er darüber nachdenken, warum auch immer. Darüber hinaus ärgerte er sich, dass sein Denken nur noch so dahinschwächelte. Es war, als könnte er den beharrlich fließenden Strom an Gedanken bloß noch wundersam vorüberziehen lassen, anstatt ihn, wie er das früher so siegessicher getan hatte, zu durchkraulen, darin hin und her und auf und ab zu tauchen. Dazu kam, dass er neben seinem Denken mit seinen Empfindungen haderte. Zuletzt musste er immer wieder etwas fühlen, was er doch gar nicht fühlen sollte. Es waren so Gefühle, … die er gar nicht brauchen konnte. So das Leben kompliziert machende Gefühle, so Gefühle von unnötig riskanter Art. Alles in allem schien ihm sein Leben aus dem Ruder zu laufen, anstatt souverän in eine übersichtliche Bahn zu münden, wie es sich gehörte im Alter. Wenn es ihm als Mensch nicht einmal gelang, zu denken und zu fühlen, was er denken und fühlen wollte, wo würde das hinführen? Dann war er sich selbst doch völlig … unberechenbar!

Hakim wiederum, keine zwei Meter von Joseph entfernt und doch in anderen Welten, dachte an die Nachricht der Kommandantin Malina von gestern Abend, an ihr *Willkommen, ihr seid unsere Kinder,* und da dachte es in ihm, alles ist Buchstabe, Zahl und Bewegung, daraus ist alles gemacht, daraus machen doch auch wir alles. Kaum hatte es das gedacht in ihm, lachte Hakim still in sich hinein, verblüfft, was da so alles entstand in Köpfen wie seinem. Unmittelbar darauf – sie stand dort drüben und sah zu ihnen – nahm er Julia wahr. Und schon da hätte er nicht mehr zu sagen vermocht, was vorgegangen war in seinem Kopf. Das Gedachte war verschwunden. Buchstabe, Zahl, Bewegung. Zarteste Sandburgtürmchen unter brechenden Wellen des Ozeans.

Julia winkte den beiden und kam näher.

Die Mundwinkel Josephs und Hakims gingen simultan nach oben.

»Na, wie geht's euch?«

Nach der Analyse des gestrigen Bier- und Weinzuspruchs (die Nachwehen waren bei allen dreien etwa gleich schlimm) sowie der medizinischen Aufräumarbeiten (Aspirin bei Julia, schwarzer Kaffee bei Joseph, tanzen und die Katzen anjammern bei Hakim) sprachen sie darüber, welche Konsequenzen Malinas Botschaft habe.

»Wer hätte das gedacht«, sagte Joseph diabolisch grinsend, »dass wir weder von den Affen noch von Gott abstammen.«

»Ihr seid unsere Kinder«, zitierte Hakim.

»Meine Mutter hat mir zwar knapp vor ihrem Tod gestanden, dass mein Papa womöglich nicht mein leiblicher Vater ist«, begann Julia, »aber dass …« Nun bemerkte sie, was sie gesagt hatte, das Blut schoss ihr in die Wangen und jetzt sah sie auch noch Joseph an, mitten ins Gesicht, und ihre panischen Augen prüften, ob er etwas bemerkt hatte, und zugleich sollten ihre Augen doch so tun, als ob nichts wäre, gar nichts und überhaupt, dass alles nur ein Scherzchen hätte werden sollen, von wegen uneheliches Kind von Außerirdischen, und dass … und dass … »Ach, egal«, sagte Julia. Und da erkannte sie in Josephs Gesicht, dass – mein Gott! –, dass ihm in diesen Augenblicken alles klar wurde und er davor war, die entscheidende Frage zu stellen: Wie hieß deine Mutter, als sie ledig war? Nur das müsste Joseph fragen, und er wüsste, wer vor ihm saß. Nur das – und das Joseph-in-Wirklichkeit-bist-du-mein-Vater-Ding wäre geplatzt.

Joseph hatte es auf den Lippen, sie sah es ihm an. Und schon öffnete er den Mund. »Entschuldigung«, sagte Joseph, »ich bin gleich wieder bei euch, muss nur rasch aufs Klo.«

Und da ging er. Ging an ihr vorbei. Papi ging … aufs Klo. Julia wusste nicht, ob sie lachen sollte. Erleichtert sein sollte. Enttäuscht. Gekränkt. Traurig. Frustriert.

Julia und Hakim blieben am Tisch zurück, selten wortkarg.

»Wahrlich«, begann Hakim, als Joseph weiterhin an einem anderen Örtchen war, »hierin liegen Zeichen genug für solche, die Verstand besitzen.«

»Was?«, fragte Julia.

»Ach nichts«, antwortete Hakim, »ich habe nur ein bisserl etwas frei zitiert, was ein bisserl so im Koran steht. Hab ich von Mama, die hat so was manchmal zu Papa gesagt. Sie war eine resolute Frau mit großem Herzen.«

»Erzähl von deiner Mama, und auch von deinem Papa«, bat Julia, da kam Joseph zurück und setzte sich.

Hakim arrangierte sein Baklava-Röllchen auf der Untertasse der Kaffeeschale, als müsste es exakt so und keinen Millimeter anders zu liegen kommen. Versonnen betrachtete er es und musste lächeln, gab dem Röllchen doch noch einen Stups. Die Baklava-Position, dachte er, und dachte an seine Eltern. Hakim, es kommt nicht darauf an, wie dein Baklava auf der Untertasse liegt, es kommt darauf an, wie du entscheidest, dass es liegen soll. Verstehst du, Hakim? Verstehst du den Unterschied? Die Eltern – darin waren sie sich einig gewesen: in ihrer Baklava-Position. Sie war das Resultat ihrer Ehe. Das Resultat eines Lernens, eines Aufeinander-Zugehens. Eines Den-eigenen-Willen-überdenken-Könnens.

»Willst du die Geschichte hören, wie sich meine Eltern kennengelernt haben?«, fragte Hakim Julia.

Julia mochte.

»Also«, begann Hakim, »meine Mama war sechzehn damals. Sie stammte aus Damaskus, eine Damaszenerin. Und sie war auf Urlaub und zum Babysitten bei ihrem Onkel, in Deir ez-Zor, im Osten des Landes. Dort lebte mein Papa, dort ist er aufgewachsen. Er war neunzehn und brachte die Familie durch, indem er aus dem Wohnzimmerfenster hinaus auf die Gasse Gemüse verkaufte. Eines Tages sah er sie auf der großen Hängebrücke über den Euphrat gehen und verliebte sich mit einem

Schlag. Er wagte nicht, sie anzusprechen, aber er beobachtete, wohin sie ging, in welches Haus sie verschwand und schickte am nächsten Tag die Männer, seine Großväter und Onkeln. Sie sollten, wie es üblich war, in seinem Namen um die Hand des Mädchens bitten. Ihr Onkel öffnete ihnen und sagte, dass Fatima schon verlobt sei, mit einem Arzt, und dass Fatima diesen Arzt und keinen anderen heiraten würde. Aber mein Papa«, sagte Hakim, »gab nicht nach und schickte am nächsten Tag die Frauen, also das nächstschärfere Kaliber, die Großmütter und Tanten.« Wieder beteuerte der Onkel, dass Fatima bereits verlobt sei, und er versicherte den Frauen, beim besten Willen, es hätte keinen Sinn. Zudem sei Fatima nicht von hier, sondern aus Damaskus und nur noch zwei Wochen in der Stadt. »Als mein Papa das hörte, sagte er zu seiner Mutter: Wenn ich diese Frau nicht bekomme, stürze ich mich an der Stelle, an der ich sie zum ersten Mal auf der Hängebrücke gesehen habe, in den Euphrat, ich schwöre es bei Allah!« Also ging auch seine Mutter zum Haus. Und auch sie bekam von Fatimas Onkel händeringend gesagt, dass es keinen Sinn habe, Fatima sei einem anderen versprochen, einem angesehenen Arzt. Unter keinerlei Umständen werde sie einen anderen heiraten. »Mein Papa«, sagte Hakim, »hat aber trotzdem nicht lockergelassen. Und er hat all seinen Mut zusammengenommen und ist am nächsten Tag selbst hingegangen, mit schlotternden Knien, aber mit ganz wild verwegenen schlotternden Knien.« Er redete auf Fatimas Onkel ein, beschwor ihn, bekniete ihn und ließ sich nicht und nicht abweisen, und Fatima, die in den letzten Tagen mitbekommen hatte, dass es da einen jungen Mann gab, der verrückt nach ihr war, wollte diesen Verrückten endlich einmal selbst sehen und sie linste, »so ein ganz ein bisschen nur«, sagte Hakim, linste um die Ecke und besah ihn sich, diesen armen Kerl, und als sie ihn sich so besah, in seiner leidenschaftlichen Verzweiflung und Sturheit, rief Fatima, die Sechzehnjährige, den Onkel zu sich und sagte: Den will ich haben. Ich werde ihn heiraten.

Sie war Schneiderin, er Gemüseverkäufer. Sie heirateten. Und sie sagte ihm, und das an ihrem ersten Tag des Kennenlernens: Ich werde keinen Mann heiraten, der Analphabet ist. Ich will einen Mann, der sich selbst achtet, einen Mann, der lesen und schreiben kann, einen, mit dem ich mich über Bücher unterhalten kann. Daraufhin sah er sie an, sah sie mit Hingabe und Liebe an – und begann noch am selben Tag, Buchstaben und Wörter zu lernen. Er lernte lesen und er lernte schreiben. Als sie sich über Bücher unterhalten konnten, sagte er: Nun heiraten wir. Und sie sagte: Ja.

Was allerdings noch fehlte, war die Einwilligung ihrer Eltern. »Dazu musste mein Papa nachweisen, dass er Fatima auch finanziell etwas bieten konnte. Sein großes, unbeschreiblichbares Glück war«, sagte Hakim, »dass ihm die Engländer kurz davor eine Niere gestohlen haben, jawohl, eine einzelne Niere. Es war nämlich so: Mein Papa arbeitete manchmal als Dolmetscher bei den Engländern, und als er bei ihnen im Spital am Blinddarm operiert wurde, schnitten ihm die Engländer bei der Gelegenheit auch gleich eine Niere raus, weil sie die für eine Transplantation brauchten, für einen Engländer. Das war nun nicht die feinste englische Art, und bald sahen sie ihr Unrecht auch ein und sie schrieben meinem Papa, dass er monatlich einen Scheck über sechzehn Pfund bekommen wird. Er hat aber das Komma übersehen, das es im alten Arabischen nicht gibt, und drum hat er Fatimas Eltern gesagt, dass er sechzehn*hundert* Pfund bekommt von den Engländern, als Schadenersatz für seine Niere. Und diese sechzehnhundert Pfund für seine Niere bekomme er bis an sein Lebensende, monatlich, so sei das.« Die Sechzehnhundert-Pfund-Information über seine Niere ging Fatimas Eltern offenbar zu Herzen, denn sie fanden, dass ihre Tochter diesen ehemaligen Analphabeten und Gemüsehändler und nunmehr ein-nierigen Dolmetscher unter diesen Umständen durchaus heiraten dürfe. Dem mit Fatima verlobten Arzt sagten sie kurzerhand ab. »Später«, sagte Hakim, »waren die Eltern von Fatima schon ein bisserl sauer, das kann man sich vorstellen, oder?, als sie draufkamen, dass es monatlich nicht sechzehnhundert Pfund waren, die mein Papa von den Engländern für seine Niere bekommt, sondern nur sechzehn Pfund. Aber er konnte ja nichts dafür, im alten Arabischen bedeutet sechzehn Komma null null wirklich sechzehn null null. Und sechzehn null null waren für meinen Papa, das ist doch einzusehen, sechzehnhundert Pfund.«

Wie auch immer, sie waren verheiratet.

»Meine Großmutter aus Deir ez-Zor hat rasch gemerkt«, erzählte Hakim, »dass sie sich eine widerspenstige Schwiegertochter eingehandelt hat. Eine Damaszenerin!, schimpfte sie, besser wäre es gewesen, die dreckigste Hure Deir ez-Zors zu heiraten, als eine nichtsnutzige Damaszenerin! Beide Familien hatten also keine allzu große Freude mit der Wahl des Ehepartners. Aber das«, sagte Hakim, »hat meine Eltern nur enger aneinandergeknüpft. Deine Mutter, sagte Papa einmal, war mir zeitlebens meine beste Freundin, meine Wegweiserin, mein Schutzengel.«

»Was für eine schöne Geschichte, Hakim!«, sagte Julia. »Danke!«

Joseph war trotz der Lebendigkeit von Hakims Schilderung teilnahmslos dabeigesessen, die Arme verschränkt, das Kinn trotzig gesenkt. Und so saß er noch immer.

»Was ist mit deinen Eltern, Joseph?«, fragte Julia und bemerkte, dass sie noch immer eine Gereiztheit verspürte, eine kleine, hinterhältige Gereiztheit, wegen Josephs Begriffsstutzigkeit vorhin. Und dieser Ignoranz! Dieser anmaßenden Ignoranz! Aufs Häusl war er gegangen, einfach aufs Häusl, anstatt nachzufragen, wie das gewesen sei mit dem Geständnis der Mutter, dass jemand anders ihr leiblicher Vater sei, ja, Joseph, jemand anders, und vielleicht ja zuuufällig ein ehemaliger Starfotograf, vielleicht ja zuuuufällig ein ehemaliger Weiberheld, einer, der ausgerechnet in den Augenblicken, in denen er etwas nicht gar so Nebensächliches erfahren könnte, aufs Häusl geht. Aufs Häusl!

Da durfte sie schon noch ein wenig gereizt sein, nicht wahr? Ein klein wenig durfte sie da schon noch gereizt sein! »Also«, sagte Julia schnippisch, »erzähl, Joseph, wie waren deine Eltern?«

»Über meine Eltern«, brummte Joseph, »gibt's nicht viel zu sagen.«

»Erzähl einfach, was dir einfällt!«, befahl Julia, wobei, Joseph hätte ohnehin weitergesprochen, er hatte nur kurz Atem geholt.

»Meine Mutter«, sagte er, »war gnadenlos liebevoll zu mir, wie es sich gehörte für eine Anhängerin des Neuen Testaments. Mein Vater dagegen bestrafte mich für jede Kleinigkeit, wie es sich gehörte für einen alttestamentarisch Höllenfrommen. Und wisst ihr was, heute Nacht habe ich geträumt, dass sich unsere Weltraumbesucher noch nicht einig sind, wie sie mit uns umspringen sollen; wie im Alten oder wie im Neuen Testament.«

»Ich glaub nicht, Joseph«, sagte Hakim amüsiert, »dass unsere Besucher christliche Götter mit Hirtenstab und brennendem Dornbusch sind.«

»Hakim, es war nur ein Traum«, entgegnete Joseph.

»Wenn sie religiös wären«, spekulierte Hakim, »wären sie, glaube ich, ein bisserl so was wie friedliche Buddhisten. Wisst ihr, so in orange wallenden Gewändern. Und mit freundlicher Glatze, die weiblichen genauso wie die männlichen, sozusagen alle Besatzungsmit- und -ohnegliederinnen.«

Julia blieb ernst. »Nachdem die Besucher entwickelter sind als wir, haben sie Religionen hoffentlich hinter sich gelassen. Bei uns haben die doch immer nur mehr Leid angerichtet als Nutzen.«

»Wenn sie universale Universumsgötter sind«, sagte Hakim, »brauchen sie sowieso keine kleinkarierten Religionen mehr.«

Joseph wurde ungehalten. »Wie kommst du jetzt plötzlich drauf, dass sie sich als Götter sehen? Sie machen doch einen grundvernünftigen Eindruck. Sie haben gesagt, wir sind ihre Kinder. Damit suggerieren sie doch, dass sie menschlich sind wie wir.«

»Muss nicht sein«, widersprach Hakim, einfach

weil er gerade unbändige Lust hatte, Joseph zu widersprechen, »muss überhaupt und gar nicht sein, denk an diese Gentechniker, die im Labor neue Lebewesen klonen. Die sind auch so was wie Götter in Weiß für diese Lebewesen.«

»Mhm, soll schon vorgekommen sein«, meinte Julia wie ohne Zusammenhang, »dass Menschen auf göttlich machen und sich nicht scheren um ihre Kinder.« Widerspenstig blickte sie Richtung Garten, sah auf diese Mischung aus wucherndem Unkraut, Buschwerk und Wiesenacker, nur um ja nicht Joseph anzusehen.

Alles in allem lag eine sonderbare Spannung in der Luft. Alle drei verspürten sie. Es war wie eine irremachende elektrische Ladung, die unter ihre Haut drang, in die Bahnen ihrer Nerven. Und während es allen dreien so erging, wünschten sich auch alle drei Erleichterung. Es bedurfte etwas Reinigendem, etwas, das die Situation zwischen ihnen wieder in die Waage brächte. Allen dreien aber war das sie Bedrängende zu fremd, als dass sie es in Worte hätten fassen können. Diese Unsicherheit verband sie, ohne dass sie es ahnten. Womöglich war dies und die Sehnsucht nach Harmonie auch, was die Welt verband.

Um sich bis zur Tagesnachricht der interstellaren Besucher über die Runden zu retten, sahen Julia, Hakim und Joseph Fotos durch. Malinas Ansprache wollten sie erneut gemeinsam hören. Das alte Kofferradio stand bereits auf dem Terrassentisch. Doch die Botschaft des Tages machte die Sache nicht besser.

*Ihr habt nur so kurz zu leben und dennoch schadet ihr euch. Könnt ihr uns erklären, warum?*

# – 2 –

Bisher war der Großteil der Menschheit erstaunlich entspannt geblieben angesichts der Besucher aus dem All, doch damit war es vorbei. *Ihr habt nur so kurz zu leben.* Was meinten die Raumfahrer damit? Stand der Weltuntergang bevor? Der endgültige und großflächige Klimakollaps, noch rascher als ohnehin befürchtet? Ein Atomkrieg? Eine vernichtende Pandemie? Der finale Blackout? Was wussten die Außerirdischen, das die Menschheit nicht wusste? Die Börsenkurse stürzten ins Bodenlose, die Selbstmordrate schnellte in die Höhe, Supermärkte wurden leer gefegt bis auf die letzte Rolle Klopapier. Ging die Gefahr – *ihr habt nur so kurz zu leben* – womöglich von den Reisenden selbst aus? Machte deren Sprecherin mit ihrer einnehmenden Stimme nur auf nett, war in Wirklichkeit aber eine Alien-Psychopathin? Planten diese Weltfremden, den Planeten von der Spezies Mensch zu befreien?

*Ihr habt nur so kurz zu leben und dennoch schadet ihr euch. Könnt ihr uns erklären, warum?*

Die Besucher hatten begonnen, Fragen zu stellen. Beunruhigende Fragen. Verstörende Fragen. Nun ja, bisher war es bloß eine Frage, aber die war lästig genug und womöglich kämen weitere. Dabei hätten die Menschen doch selbst so viele Fragen an die Besucher gehabt! Offenbar lief da etwas verkehrt. Ein Plan musste her. Endlich ein koordinierter Plan unter allen Nationen, allen Kontinenten, allen Menschen dieser Welt.

Nach der Landung des außerirdischen Schiffes hatten sich die meisten Regierungen dazu durchgerungen, jede für sich, Höflichkeiten an die Weltfremden zu senden, sicherheitshalber freundliche Nasenlöcher zu machen. In Fernsehansprachen, via Kurznachrichtendiensten und zig anderen Kanälen hatten Präsidentinnen und Könige und Clanführer und Fürsten und Regierungschefinnen ihrer Hoffnung Ausdruck verliehen, die historische Begegnung in gegenseitigem, ja bitte in gegenseitigem Respekt abzufeiern. Beste Grüße wurden ausgesprochen und Einladungen. Gerne, sehr gerne könne man miteinander kommunizieren, gerne auch von Angesicht zu Angesicht reden, wenn das denn erwünscht beziehungsweise überhaupt möglich sei. Teils waren es skurrile Szenen, die sich abspielten. Die Weltfremden wurden auf eine Schale Kamelmilch eingeladen, zu transzendenten Gipfelgesprächen, zum Kampf gegen Ungläubige, zur traditionellen Kürbisernte, zu Meditationen, zur Weltklimakonferenz, zum Rauchen von Joints, zu Businessmeetings, zu Verhandlungen über die Aufteilung des Alls, zu galaktischem Kamasutra, zu Militärmanövern. Kurzum:

Das Jahrtausendereignis dokumentierte den Stand der menschlichen Entwicklung eindrucksvoll.

Die meisten Pressekonferenzen und Ansprachen waren erwartbar gleichtönig und herzzerreißend bemüht. Der eigenen Bevölkerung wurde gesagt, dass die Besucher offenbar in Frieden kämen; den Besuchern wurde übermittelt, dass sie hoffentlich in Frieden kämen. *Mit großer Freude* wurden sie willkommen geheißen. Wobei natürlich nicht ernsthaft auf eine Wirkung bei den Außerirdischen abgezielt wurde, sondern auf eine bei der irdischen Wählerschaft. Es galt, möglichst gute Figur zu machen und Führungsqualität zu demonstrieren in dieser Situation nackter Ahnungslosigkeit.

Im Hintergrund wurde ebenso fieberhaft wie erfolglos daran gearbeitet, Genaueres über die Außerirdischen herauszufinden, über die Beschaffenheit ihres Schiffes, ihre Mission, ihre Flugbahn, ihre Herkunft, ihre Absichten, technischen Fähigkeiten, ihre Kampfstärke. Die militärischen Geheimdienste rotierten. Die Armeen standen in Alarmbereitschaft, die Wirtschaftskonzerne nicht minder. Neue Strategien mussten her, neue Beurteilungen der Gewinnmargen, der Absatzkanäle, der Chancen, Risken, Renditen, Dividenden, Kooperationsmöglichkeiten.

Als Ablenkungs- und Beschäftigungstherapie für die Bevölkerung wurden Fragen gesammelt, möglichst erkenntnisversprechende Fragen, die den interstellaren Besuchern mit der Bitte um Beantwortung vorgelegt werden sollten. Zu kanalisieren war die Sache ohnehin nicht mehr. Weltweit hatte sich eine unüberschaubare Zahl an Initiativen gebildet: esoterischen, wissenschaftlichen, fundamentalistischen, religiösen und strikt antireligiösen, humoristischen und todernsten, verschwörungstheoretischen, gesellschaftskritischen, aufklärerischen, vor- und rückwärtsgewandten, obskuren, nüchternen. In Kornfelder wurden Herzen gemäht, mittels Gruppengesang Einladungen ausgesprochen, Peace-Zeichen auf Parkplätze von Einkaufscentern gemalt, private Ufo-Landeplätze eingerichtet, Songs komponiert, Nachrichten gefunkt, Fragen gestellt, Kommentare abgegeben, Alien-Smileys verschickt. Drohungen wurden ausgesprochen und Einladungen zu Sex (metaphysischem und handfestem), neue Verschwörungstheorien ersonnen, Ufo-Vereine gegründet, Flugshows veranstaltet, das Raumfahrzeug der Besucher maßstabgetreu nachgebaut und darin Restaurants eingerichtet, Merchandising-Artikel fabriziert.

Das Luftschiff der Besucher indes stand unbewegt Hunderte Meter über dem Ozean. Es war ein Anblick, der biblische Erinnerungen weckte. *Und Gottes Geist schwebte über dem Wasser.* (Genesis, Kapitel 1)

Vielen schien, als stünde ihnen jahrtausendelang religiös Verklärtes mit einem Mal live und hochaufgelöst vor Augen.

*Der Beginn einer neuen Weltepoche,* titelten die Medien.

*Zeitrechnung beginnt neu.*

Weltuntergangspropheten hingegen wussten: *Das Ende ist nah!*

Dass es so wie bisher nicht weitergehen konnte, sagten viele und meinten damit den Kapitalismus, die Umweltzerstörung, die Gewalt auf Erden und die generell himmelschreienden Ungerechtigkeiten seit Menschengedenken, dass es *so nicht ewig weitergehen konnte,* sei ja *wohl klar gewesen.*

Halbwegs Einigkeit bestand jedenfalls darin, dass mit dem Besuch der Weltenreisenden das Schicksal der Menschen an einem Wendepunkt angelangt sein musste. Etwas Großes lag in der Luft. Und über dem Meer schwebte das Schiff.

# – 3 –

Joseph hatte keine gute Nacht gehabt. Ein Wirbel seines Rückgrats drückte auf einen Nerv. Am Ende ist die Welt gerecht, dachte Joseph, am Ende macht der Schmerz den Abschied leichter. Zügig kam nun alles zusammen, ergab alles ein Bild. Nicht mehr ein Schmerz kam und ein anderer ging, nein nein, die Sache spitzte sich zu.

Magenkrämpfe, Atemnot, Nierenstechen, Kopftoben. Wobei, all das hieß wohl auch: Er lebte noch.

Gut, aber wie lebst du, alter Mann, sagte Joseph zu sich. Was gäbe er nun dafür, wenigstens die erniedrigende Schwierigkeit, zu kacken, gegen den sauberen Schnitt einer Klinge tief in sein Fleisch einzutauschen. »Du kannst nicht alles haben, alter Mann«, sagte er laut zu sich. Nimm die Dinge, wie sie kommen. Du warst doch auch früher nicht wählerisch, als dir das Leben verschwenderisch zuflog. Na also, alter Mann. Schwindelanfälle, schwarz vor Augen, Herz-Enge? Na und! Halte dich einfach irgendwo an, bis der Taumel vorüber ist, aber so, dass es keiner merkt, Hakim macht sich sonst nur Sorgen.

Und am frustrierendsten: diese Mattigkeit, diese das Leben wie auslöschende Müdigkeit, die nicht verging. Auf der Terrasse, wenn Julia und Hakim bei ihm waren, schaffte er es oft nur noch, idiotisch vor sich hin zu stieren. Für mehr reichte die Energie nicht mehr. Aber für Julia würde er sich heute wieder zusammenreißen. Für sie gerne.

Ach ja, eine Kleinigkeit war da noch, die hatte er ganz vergessen. Sein Schwanz. Klamaukhaft, dass er sich jetzt um den auch noch Gedanken machte, um dieses zittrige Nichts. Bloß noch ein faltiges Anhängsel war sein Schwanz. Und seine Eier, was heißt Eier! Sein Ei, herrje, besser gar nicht daran denken. Was machte einen Mann zum Mann? War er noch einer?

»Was bist du noch?«, murmelte Joseph. Ein Mann nicht mehr. Okay, und was macht einen Menschen zum Menschen? Die Frage machte nichts besser. Nur noch schwieriger machte diese Frage alles.

Was bist du? Was?!

»Was du bist?!«, antwortete er sich höhnisch, wie sich richtend, doch auch wie sich endlich lossprechend. »Nur noch eine Erinnerung an dich selbst bist du. Eine nach und nach sich auflösende Erinnerung.«

Abgesehen von Hakim interessierte sich nur noch ein letzter Mensch für diese Erinnerung und für das Verschwinden dessen, was einst stolz Joseph Wasserstein hieß. Ein letzter Mensch nur noch: Julia, diese liebe.

Beruflich plante sie womöglich eine mit seinen Fotografien illustrierte Biografie, zudem aber schien sie sich aus einem innigeren Eigennutzen für ihn zu interessieren. Manchmal wirkte sie, als sähe sie mehr in ihm, als überhaupt da war, als ließe sie viel mehr an ihm gelten als er selbst. Und als wäre er nicht bloß dieses vergehende Häuflein Mensch, sondern als sähe sie, dass er alles war, was er je getan, gesehen, gerochen, geliebt und gefühlt hatte. Als sei das in Wirklichkeit er, dieses Unvergängliche. Aber wer weiß. Vielleicht redete er sich das auch nur ein. Natürlich, sicher redete er sich das nur ein. »Alter Narr«, schimpfte Joseph.

Kurz darauf dachte er an die Besucher aus dem All. *Ihr seid unsere Kinder.* Malinas Worte berührten ihn mehr, als er Julia und Hakim gegenüber hatte zugeben wollen. Die Art und Weise, wie Malina diese Worte gesprochen hatte, mit dieser Sorgsamkeit in ihrer Stimme – eine Gänsehaut hatte er bekommen und ein wehes Drücken ums Herz. Sicher, auch das war absurd. Absurd und lächerlich und beschissen sentimental. Aber was war schon nicht absurd und lächerlich in seinem Zustand. *Ihr seid unsere Kinder.* Berührt, mit einem Mal wieder berührt und geborgen hatte er sich gefühlt. Und wie ein Kind, das er nie aufgehört hatte zu sein.

»Ich war bei meiner Tochter«, erzählte Julia, als sie an diesem Abend wieder zu dritt auf Josephs Terrasse beisammensaßen. »Wir haben endlich wieder einmal gemeinsam mittaggegessen. Ich wollte sie sehen nach dieser Nachricht der Besucher von gestern, von wegen wir hätten nur so kurz zu leben. Aber es geht ihr gut, sie lebt das Leben, das sie leben möchte. Und es geht ihr gut, das ist das Entscheidende. Dass es den Kindern gut geht, nur das zählt.«

»Ja«, sagte Hakim, »aber weißt du, Julia, dir darf es auch gut gehen.«

»Ja, Hakim, ein bisschen darf es mir auch gut gehen.«

»Wieso nur ein bisserl?«, sagte Hakim, »ein bisserl viel darf es dir gut gehen, ein bisserl sehr viel, Mädchen!«

Mädchen. Wie lange hatte das schon niemand mehr zu ihr gesagt. Verstohlen blickte Julia zu Joseph.

»Wenn es wirklich zu Ende gehen sollte«, entschied sie sich plötzlich zu fragen, »was würdet ihr mir, ich meine rein theoretisch, was würdet ihr mir am letzten Tag noch sagen wollen, wenn ich« – Julia sah eigens zuvor Hakim an und dann erst Joseph – »wenn ich, nur einmal so angenommen, eure Tochter wäre?«

Joseph wollte spaßig sein, einfach einmal spontan spaßig. »Von mir«, brummte er, »wäre nichts zu erwarten.«

»Mach's dir nicht so einfach, Joseph!«, reagierte Julia schroff. »Sei nicht so feig«, ergänzte sie in milderem Ton. »Stell dir vor, ich wäre deine Tochter. Was würdest du mir mitgeben wollen? Wenn es angenommen unser letzter gemeinsamer Tag wäre?«

Joseph war jäh in eine Szene vor vielen Jahren versetzt. Damals hatte er den Fehler begangen, einem Journalisten während einer Retrospektive im Museum für das 21. Jahrhundert über den Weg zu laufen. Dieser Journalist hatte ihn gefragt: Herr Wasserstein, sie sind nun siebzig. Was, denken Sie, ist der Sinn des Lebens?

Tja, hatte er damals gedacht, Sinn … hm, was bleibt eigentlich wirklich an Sinn übrig am Ende? Kinder konnte er nicht vorweisen. Fotografien. Ja, sein fotografisches Werk blieb. Aber irgendwie, er wusste nicht warum, befriedigte ihn das nicht. Was also hatte Sinn gemacht in seinem Leben? Was war von Schönheit, von Beständigkeit? Und in diesem Moment war Joseph Wasserstein damals etwas eingefallen. Etwas, das sein Verstand prompt zurückwies, denn das konnte es ja nicht sein, diese Antwort durfte er keinesfalls geben. Doch dieses Etwas gab keine Ruhe. Und also probierte er es in Gedanken nochmals aus: Rasen mähen. Rasen mähen?! Würde er das, tatsächlich das antworten auf die Frage nach dem Sinn im Leben? Rasen mähen? Nach siebzig Jahren Lebenserfahrung? Nach Jahrzehnten inmitten von Kunst? Jahrzehnten der Begegnungen mit Menschen aus Kultur, Wissenschaft, Politik und

Wirtschaft? Rasen mähen?! Sollte er es aussprechen, hatte Joseph Wasserstein damals gedacht, als er diesem Journalisten gegenüberstand im Museum für das 21. Jahrhundert. Nach und nach hatte ihm die Rasenmäh-Idee immer besser gefallen. Ja, Rasen mähen, diese durch und durch vergebliche Tätigkeit. Was sonst war ein treffenderes Sinnbild für die Vergänglichkeit des Lebens und zugleich die Schönheit und Sinnhaftigkeit des Augenblicks. Das gemähte Gras würde in der Sekunde nach dem Mähen nachwachsen, zwei Wochen später wäre nichts mehr zu sehen von … dem Werk. Rasenmähen – die völlige Vergeblichkeit, der höchste Sinn. Ja, erkannte Joseph Wasserstein damals, Rasen mähen war das Größte! Und tatsächlich hatte er es ja auch immer schon gerne getan. Wenn er nach einer Foto-Session, einer Ausstellung, einer beruflichen oder privaten Reise nach Wien heimkehrte, war das Erste, was er tat, den Rasen im Garten seiner Villa zu mähen. Freilich hätte das auch der Gärtner machen können, den er damals beschäftigte, aber das Mähen des Rasens, das wollte er selbst machen, das ließ er sich nicht nehmen, denn nichts war befriedigender. Wenn er den Rasen mähte, dann: mähte er ganz einfach den Rasen. Er sah, was er tat, er spürte, was er tat, er roch, was er tat, er war ganz bei sich und diesem Fleckchen Erde, das sich unter seinen Händen veränderte, das eine Ordnung geschenkt bekam – dank ihm. Rasen mähen. Seine Kollegen erzählten, sie hätten jemanden, der ihnen den Rasen mähte, weil sie dafür keine Zeit verschwenden wollten, weil sie ihre Zeit für ihr künstlerisches Schaffen nutzen wollten, für wichtige Geschäfte, für die Freizeit. Er aber ließ sich von seinem Gärtner die Rosen schneiden, die Hecken trimmen, die Beete pflegen, das Rasenmähen aber untersagte ihm Joseph Wasserstein auf das Entschiedenste. Nicht den Rasen mähen!, ermahnte er seinen Gärtner immer wieder. Keinesfalls den Rasen! Ganz gleich, wie hoch und wild und unbezähmbar er wächst, während ich weg bin. Sie können alles machen, kümmern Sie sich um alles andere im Garten. Aber nicht den Rasen! Ja, ja, Herr Wasserstein, ich weiß, hatte der Gärtner geantwortet. Ja, Herr Wasserstein, Sie haben es mir ja schon oft genug gesagt.

»Rasen mähen«, sagte Joseph plötzlich.

»Wie bitte?« Julia verstand nicht.

»Du wolltest doch«, Joseph zögerte, er war sich nicht mehr sicher, »du wolltest doch wissen, was ich dir raten würde oder so, was ich dir sagen würde, wenn wir uns nur noch einmal sähen. Also: Rasen mähen. Das ist die Antwort.«

»Wieso Rasen mähen, Joseph? Wie meinst du das?«

»Ich weiß nicht, Julia, verzeih, ich weiß es nicht.«

Schweiß stand plötzlich auf Josephs Stirn. Seine

Hände zitterten, er wusste nicht warum, versuchte, sie unter dem Tisch zu verstecken.

»Schon gut«, sagte Julia.

»Ich bin zu nichts nütze«, sagte Joseph.

»Schon gut, Joseph«, sagte Julia.

Er wollte wieder etwas Lockeres sagen, etwas Aufheiterndes, von ihm Ablenkendes: »Da siehst du«, sagte Joseph, weil er sich nun daran erinnerte, dass Julia wissen wollte, was er zu ihr gesagt hätte, wäre sie seine Tochter, »da siehst du«, sagte er, »wie gut es war, dass du deine Eltern hattest, mit mir wärst du ganz miserabel weggekommen. Ganz miserabel.«

»Ich«, sagte Hakim, um die Situation zu retten, »würde mit dir tanzen, wenn du meine Tochter wärst und es unser letzter gemeinsamer Tag wäre.«

»Und wir gemeinsam«, redete Hakim weiter, »wir beide, Julia, würden alle anderen einladen, mitzumachen, damit alle noch einmal tanzen und auch alle, die noch nie getanzt haben, es endlich einmal tun.« Hakim hob den Zeigefinger: »Da fällt mir etwas ein, ich hol rasch einmal was, bin gleich wieder da.«

»Was musst du denn jetzt unbedingt holen?«, beschwerte sich Joseph. Ihm war mulmig bei der Vorstellung, nun alleine mit Julia zu sein. Was sollte er reden, was tun? Hakim wusste doch immer etwas zu plappern. Mit Hakim war immer alles leicht.

Doch Hakim lief schon – seine Sandalen flappten rhythmisch gegen seine besockten Fersen –, lief schon zu seinem Häuschen.

Mit einem Mal Stille.

Stille zwischen Joseph und Julia.

Ich will jetzt nichts mit ihm reden, dachte Julia.

Sollte ich jetzt etwas reden mit ihr?, dachte Joseph. Aber was?

Rasen mähen, dachte Julia. Was hat er damit nur gemeint?

Reden muss ja nicht sein, dachte Joseph. Man muss ja nicht in einer Tour immer nur reden. Nicht unbedingt.

Er ist einfach ein alter Mann, ein zerstreuter alter Mann, dachte Julia. Erwarte dir nicht immer wieder etwas von ihm, dachte sie. Es werden ihm nicht plötzlich alle Lichter aufgehen. Er wird dich nicht mit gerührten Augen anschauen und als Tochter erkennen. Schmink es dir einfach ab. Schmink's dir endlich ab!

Oder soll ich doch etwas reden mit ihr, dachte Joseph. Vielleicht erwartet sie es. Ja, vielleicht. Aber nein, da kommt eh schon Hakim.

»Für viele!«, rief Hakim bereits von Weitem, »ist die Ankunft der Außerirdischen ein Wunder, ihr Raumschiff und so, aber für mich ist das da« – er wachelte im Näherkommen mit einer Fotografie –

»das da hier« – er legte das Foto zwischen Joseph und Julia auf den Tisch – »mindestens genauso ein Wunder.«

Die großformatige Schwarz-Weiß-Aufnahme zeigte eine unglaublich dicke Frau, die auf einem Sessel in der Wiese saß. Doch saß sie? Saß sie wirklich? Sie hielt ihre Arme seitlich von sich, ihre Augen waren geschlossen. Und ja, natürlich saß sie, es war ja zu sehen, wie sie auf einem unter ihrer Masse unsichtbar gewordenen Stuhl saß. Unübersehbar war ihre Erscheinung. Doch diese Erscheinung – Julia schob das Foto näher zu sich – diese Erscheinung saß eben nicht, diese Erscheinung … schwebte. Ja, sie schwebte.

»Kannst du dich erinnern?«, sagte Hakim zu Joseph. Und zu Julia gewandt: »Joseph hat dieses Foto gemacht.«

Die drei besahen die Aufnahme.

»Rate einmal«, sagte Hakim zu Julia, »was diese Frau da macht.«

»Zuerst habe ich geglaubt«, antwortete Julia vorsichtig, »dass sie einfach dasitzt. Aber jetzt wirkt es eher so, als würde sie schweben irgendwie. Keine Ahnung, warum das so wirkt. Ist es ein fotografischer Trick?«

»Kein Trick«, sagte Hakim. »Es ist Tanz. Diese Frau tanzt.« Hakim berührte den Rand der Aufnahme. »Als Joseph das Foto gemacht hat, hat diese

Frau getanzt, so wie die anderen Frauen, die damals bei mir waren. Nur dass diese Frau so dick war, dass sie kaum gehen hat können. Und ich habe ihr gesagt, dass es nicht nötig ist, herumhopsen zu können, um zu tanzen. Dass es nicht einmal nötig ist, die Beine zu bewegen, um zu tanzen. Ja dass es nicht einmal notwendig ist, einen Körper zu haben. Dass es nur eine Seele braucht. Und dass sowieso immer nur die Seele tanzt mit uns, außer wir tanzen aus Eitelkeit für andere, aber das ist nicht tanzen, das ist nur herumwackeln. Das mit dem Herumwackeln und der Eitelkeit hat sie verstanden, aber nicht das mit der Seele. Und darum hab ich ihr gesagt, dass sie ganz einfach gedanklich im Kopf tanzen kann und dass sie, wenn sie es mit Gefühl und nicht mit Verstand macht, dass sie dann tanzen und zugleich uns dirigieren kann. Weil dann tanzt sie nicht nur sich, hab ich ihr gesagt, sondern dann tanzt sie uns alle, die ganze Gruppe. Und genauso war es dann auch. In dem Moment, als Joseph das Foto von dieser Frau gemacht hat, sie hat Monica geheißen und mindestens hundertfünfzig Kilo gewogen, ist sie geschwebt. Sie war eine der besten Tänzerinnen, die ich jemals in einem Kurs gehabt habe, ehrlich, das meine ich ernst. Sie hat es geschafft, nicht nur tanzend zu schweben, sondern hat gedanklich auch die anderen dirigiert und alle haben sich schwebend gemacht zur Musik.« Hakim überlegte. »Wenn Monica, wenn sie in diesen Augenblicken ein federleichtes Persönchen gewesen wäre mit einem Elfenkörper, wäre sie nicht freier und leichter gewesen als diese hundertfünfzig Kilo schwere Monica, die mit ihrem Körper fett dasaß, in ihrer Seele und ihren Gedanken aber schwebte.«

»Fett sagt man nicht über eine Dame«, meinte Joseph.

»Stimmt, Joseph, bravo, Joseph«, sagte Hakim. »Und Joseph, diese Fotografie, die hast du wirklich großartig hinbekommen. Weil andere Fotografen machen einfach ein Bild von jemanden, du aber hast abgedrückt und sie eingefangen, ihre Erscheinung hast du eingefangen.«

»Danke, Hakim«, antwortete Joseph gutmütig. »Wenn ein Foto gelingt«, sagte er ruhig, »ist es wie Zeichnen mit Licht. Dann ist es ganz rein und wahr. Julia, du hast gefragt, ob es ein fotografischer Trick ist, der die Frau auf dem Bild schweben lässt. Ein fotografischer Trick ist es nicht, aber der Trick ist«, sagte Joseph, »dass ihr Schweben nur mittels eines Fotos gezeigt werden konnte. Weil ein Gefühl abzubilden oder, wie Hakim sagen würde, eine Seele, die gerade tanzt, ist natürlich unmöglich. In Glücksmomenten aber passiert dieses Wunder dann doch. Es ist, als ob es bereit wäre, ausnahmsweise, einen winzigen Augenblick nur, sein Licht einfangen zu lassen. Ein Film oder ein Video wären dem Wunder zu plump, zu aufdringlich, aber für die Schlichtheit und Augenblicklichkeit eines Fotos ist es zu haben, dafür gibt es sich hin und wieder her.«

»Joseph«, sagte Julia, »ich mag es sehr, wenn du so über deine Arbeit sprichst. Das ist wirklich schön.«

Die beiden sahen einander an. Eine neue, einvernehmliche Stille war zwischen ihnen.

...

»Darf ich auch?«, fragte Hakim sehr leise, weil er wusste, dass dieser einmütige Moment eigentlich Julia und Joseph gehörte, aber einfach einmal den Mund halten, hielt er eben auch nicht aus. Den Mund halten und sich offenes Reden verbieten, das hatte er hinter sich. Ebenso wie die konservativ enge alte Heimat. »Entschuldigung, darf ich auch«, flüsterte Hakim, »ein bisschen etwas erzählen über eine magische Situation?«

»Leg einfach los«, sagte Joseph.

»Also«, begann Hakim, »als Kind konnte ich nie still sitzen, meine Füße waren immer ganz unruhig.« Wundert mich jetzt kein bisschen, dachte Joseph. »Weil meine Sohlen«, sagte Hakim, »weil die beim Sitzen noch nicht bis zum Boden reichten, sind sie immer so hin und her geschlenkert, so gependelt. Und einmal, ich hatte an dem Tag, das weiß ich noch genau, eine kurze dunkelgrüne Hose an, hab ich wieder nach unten geschaut und meine Beine beobachtet wie sie so gebaumelt sind, und da hat mich eine Erkenntnis wie ein Blitz durchfahren: Diese Beine, das bin ja gar nicht ich! Das ist ja nur mein Körper! Ich bin der Beobachter meines Körpers! Es war eine unglaubliche Erfahrung. Damals muss ich ungefähr vier Jahre alt gewesen sein. Ich hab weiter dem Baumeln meiner Beine zugeschaut und langsam begonnen, sie absichtsvoll zu bewegen, hin und her und kreisend. Das war mein erstes Tanzen. Mein Geist hat den Körper genutzt, um zu tanzen.«

»Cool«, sagte Joseph.

Julia nickte freundlich, wandte sich dann aber mit einer überraschenden Eindeutigkeit Joseph zu und sagte: »Ich fände es schön, wenn du deine Kamera wieder bei dir trügest, Joseph. Ich weiß, du denkst, dass du keine guten Bilder mehr zustande bringst, dass deine Zeit vorbei ist. Aber trag sie einfach bei dir. Einfach die Kamera wieder bei dir tragen und schauen, was passiert. Ich würde mir das wünschen.«

Joseph sah mit gesenktem Kopf zu ihr und mied schließlich Julias Blick. Es war nicht ganz klar, was er von der Sache hielt. Seine Hände strichen über die Lehnen des Sessels. Als er aufsah, stob – hundertfaches Flügelschlagen – ein Schwarm Krähen aus der Linde.

Hakim sah auf die Uhr. »Wir haben Malinas Rede

verpasst! Vor lauter Plaudern haben wir ihre heutige Nachricht verpasst!«

»Wir können sie ja nachhören«, sagte Joseph ruhig. Er blickte Julia an. »Wird schon nicht so wichtig gewesen sein.«

# – 5 –

In der Mitteilung, die Julia, Joseph und Hakim verpasst hatten, waren die intergalaktischen Besucher dazu übergegangen, Fragen der Menschen zu beantworten. Malina, die noch immer nicht erwähnt hatte, welchen Rang sie bei den Besuchern einnahm, ging in den folgenden Tagen nach einem einfachen Muster vor: Sie zitierte die Fragen der Menschen und beantwortete sie unmittelbar eine nach der anderen. Doch so prägnant ihre Antworten auch ausfielen, sie sorgten nicht ausnahmslos für mehr Klarheit bei der Erdbevölkerung.

»Woher kommt ihr?«, zitierte Malina.

Und antwortete: »Von ganz nahe und weit weg zugleich, aus einer anderen Raumzeit-Schicht.«

»Jetzt müsste man Albert Einstein oder Stephen Hawking sein, um das zu kapieren«, meinte Joseph.

»Warum seid ihr zur Erde gekommen?

Ihr seid unsere Kinder. Wir wollten euch nahe sein.«

»Wie entstand das Universum?

Auf ähnliche Weise, wie ihr Dinge und Systeme erfindet, entstanden auch eure Welt und alle anderen uns bekannten Welten.«

»Soso, die alte Nummer«, kommentierte Joseph trocken, »alles nur Fiktion und Algorithmen. Wobei«, sagte er zu Hakim, »dass du nicht ganz echt sein kannst, hab ich mir ohnehin von Anfang an gedacht.«

»Pssst«, machte Hakim. »Hör zu!«

»Ihr sagt, ihr seid unsere Eltern. Wer sind eure Eltern?

Jene, die vor uns kamen.«

»Ich muss sagen«, ätzte Joseph, der kratzbürstig gut drauf war, »im Ausweichen ist Malina Erste-Sternenflotten-Klasse.«

»Gibt es Gott?

Es gibt Eltern. Und Eltern von Eltern von Eltern.«

»Gott gibt es nicht?

Ganz wie ihr wollt.«

»Ironisch! Großartig! Jetzt taut sie aber so richtig auf!«, sagte Joseph.

»Nein, das war doch weise«, meinte Hakim, »wenn wir wollen, ist Gott in uns, das meint sie.«

»Bla, bla, bla«, sagte Joseph.

Julia lachte.

»Wie können wir unsere Welt retten?«

»Jetzt wird's interessant«, meinte Joseph.

»Die Welt braucht keine Rettung, nur ihr.«

»Das dachte ich mir schon«, kommentierte Joseph.

»Rettet ihr uns?«, zitierte Malina eine weitere Frage.

»Was ist mit *Rettet ihr uns* überhaupt gemeint?«, rief Julia dazwischen, »die Klimakatastrophe, die Kriege, alle Lebensgefahren zusammen?«

»Wir halfen euch bereits mehrere Male.«

»Helft ihr uns nun wieder?

Nein.«

»Warum nicht?

Ihr seid nun alt genug.«

»Besonders wir beide«, sagte Joseph.

»Oh ja!« Hakim kicherte. »Stimmt!«

»Werden wir es ohne eure Hilfe schaffen?

Ihr seid unsere Kinder. Wir möchten nicht in eure Zukunft sehen.«

»Glaubt ihr an uns?

Eure Erfolgswahrscheinlichkeit liegt aktuell bei vierundzwanzig Komma drei.«

»Vierundzwanzig Komma drei was?

Vierundzwanzig komma drei null sieben Prozent.«

»Das nenne ich galaktische Präzision«, sagte Joseph. »Jetzt ist es aber höchste Zeit für ein Bier, stimmt's, Hakim?«

»Oh ja!«

»Für dich einen G'spritzten, Julia?«, fragte Joseph.

»Ich glaube, ich brauch zwei auf einmal«, sagte Julia.

»Warum seid ihr zu uns gekommen?

Um euch zu sagen, dass ihr nun alt genug seid, selbst zu wissen.«

»Ui, das klingt ein bisschen nach letzter Warnung«, meinte Hakim.

»Vorher sagte sie noch, sie seien bloß hier, weil sie uns nahe sein wollen«, bemerkte Julia.

»Gibt es neben der Erde noch weitere belebte Planeten?

Ja.«

»Wie viele?

Achthundertdreiundsiebzigtausendunddreiundneunzig Trilliarden.«

»Na ja, das sind ein paar«, sagte Joseph.

»Auf wie vielen Planeten leben hoch entwickelte Wesen?

Hoch entwickelte Wesen benötigen als Lebensraum keine Planeten.«

»Und auf wie vielen leben annähernd hoch entwickelte Wesen?

Derzeit auf zweihunderteinundfünfzigtausendsiebenhundertzweiundneunzig.«

Auf so vielen!, dachte Hakim.

»Also auf null komma null null null null null null null null null null null null null null null null null null null zwei acht acht Prozent aller belebten Planeten«, präzisierte Malina.

Oh, dachte Hakim.

»Sind diese Lebewesen uns ähnlich?

Nein, ihr befindet euch erst in der kritischen Phase der oberflächlich entwickelten Wesen.«

»Herrlich!«, rief Joseph.

»Sind manche der Lebewesen auf anderen Planeten auch eure Kinder?

Natürlich, ihr alle seid unsere Kinder. Sämtliche Wesen auf allen achthundertdreiundsiebzigtausendunddreiundneunzig Trilliarden belebten Planeten sind unsere Kinder.«

»Alter Schwede!«, entkam es Joseph.

»Bei Allah!«, rief Hakim.

»Was ist euer wichtigster Rat an uns?

Erkennt, wer ihr seid.«

»Erkenne, wer du bist, Hakim!«

»Ja, du auch, Joseph!«

Die beiden alten Männer lachten.

## – 6 –

»Und, was ist das für ein Gefühl?« Julia schmunzelte über Joseph, der dastand, als hätte er seine allererste Kamera geschenkt bekommen: noch etwas unbeholfen, aber unternehmungslustig bis in die Haarspitzen.

Joseph war Julias Wunsch nachgekommen. Er hatte, nach wer weiß wie vielen Jahren, erstmals wieder seine Kamera bei sich, trug sie mittels Lederriemen um den Hals.

»Wie's mir geht?«, antwortete Joseph linkisch, »na so wie Malina gestern sagte: erkennt, wer ihr seid.« Joseph blickte spitzbübisch und legte in Bauchhöhe die Hände an die Kamera. »Finde deine Mitte.«

Er schien nicht nur bestens gelaunt, auch seine Wangen waren rosiger als sonst. Die alten Jeans standen ihm gut, dazu trug er seine ausgeblichenen Gartenschlapfen und wie selbstverständlich ein ungebügeltes schwarzes Hemd, die Ärmel locker aufgekrempelt.

Julia hatte entschieden, tatsächlich einen Fotoband zusammenzustellen. Mit unveröffentlichten privaten Bildern, hatte sie zu Joseph gesagt, aber auch – und darum hatte sie ihn besonders gebeten – mit aktuellen, völlig neuen Aufnahmen.

Hakim setzte sich neben Julia. »Schau ihn dir

an«, sagte er und nickte in die Richtung seines alten Freundes, »da steht ja auf einmal wieder ein Fotograf.«

»Und was für einer!«, ergänzte Julia.

»Er will es noch nicht recht zugeben, stimmt's, Joseph, aber er probiert sich wieder neu aus, schau, Julia, schau dir nur seine aufrechte Haltung an, seine Körperspannung.«

»Panthergleich«, sagte Julia.

Joseph ging vor ihnen ein paar Schritte auf und ab, beobachtete den Lichteinfall, prüfte Winkelmomente, Perspektiven.

»Unzweifelhaft«, bemerkte Hakim, nun nachdenklich und zärtlich mild. »Unzweifelhaft, mein alter Freund sieht wieder weiter.«

Joseph – unterdrückte er eine Emotion?

»Ja, ich sehe wieder weiter«, sagte er. Und im nächsten Moment drückte er ab, das erste Mal seit Jahren drückte er wieder ab, fing Joseph Wasserstein wieder etwas ein, ein Bild von Julia und Hakim, Sessellehne an Sessellehne, wie sie zu ihm sahen.

»Dass wir ihn auf die Idee mit der Kamera gebracht haben«, scherzte Julia eine Stunde später, »der Schuss ist wohl nach hinten losgegangen.«

Joseph hörte nicht mehr auf, sie zu fotografieren. Hakim und sie. Immer wieder. Und dann mehr und mehr Julia. Und schließlich: Julia. Nur noch Julia.

»Du brauchst gar nichts zu tun«, sagte Joseph zu ihr, »schau einfach in die Kamera. Bitte mach gar nichts. Keine Gesten, keine Posen, keinen besonderen Ausdruck, ich will nur dich wie du …« Und da hatte er auch schon wieder abgedrückt, während des Redens, aus dem rhetorischen Hinterhalt. Und natürlich mit der Wasserstein-Methode, den Apparat nicht vor den Augen haltend, sondern wie harmlos vor dem Bauch.

»Früher«, erzählte Joseph, »habe ich sie alle fotografiert, alle internationalen Stars, die genialen Wichtigtuer und die schüchternen Seelen. Aber am liebsten habe ich den Qualtinger fotografiert. Der Qualtinger«, sagte Joseph, »war zwar ein Schauspieler und Intellektueller, aber wenn ich ihn fotografiert habe, hat er nie posiert. Der Qualtinger, der stand oder saß nicht vor der Kamera, der ließ sich reinfallen. Wie ein sentimentaler Mensch, der vom Spiegel eines Teiches flehentlich wissen will, was und wer er ist. Und ob er denn überhaupt etwas ist. *Verflucht*, hat der Qualtinger gesagt, wenn ich ihm ein Foto gezeigt hab, *verflucht, ich seh schon wieder was schreckliches Neues.* Und bei einem anderen Bild von sich hat er *Hurra* gesagt, aber nur gesagt, nicht gerufen, so als ob er es zynisch oder depressiv meint, dann hat er aber doch wie erleichtert geschmunzelt.«

Joseph stand mit leicht gebeugten Knien vor Julia und hatte die Kamera nun vor Augen, als wollte er keinesfalls einen entscheidenden Moment verpassen, keinesfalls eine Regung oder eine Nichtregung Julias. Währenddessen redete er weiter zu ihr. »Wir alle haben zwei Gesichter«, sagte er, »tendenziell ist die linke Seite unsere mütterliche, die rechte haben wir von unserem Vater. Wenn du wissen möchtest, welche Persönlichkeitsanteile du von deiner Mutter hast, musst du nur deine rechte Gesichtshälfte abdecken und deine linke beobachten. Wenn du die Aspekte deines Vaters in dir sehen willst, schau dir die rechte Seite deines Gesichts an.« Jäh erhöhte sich Julias Puls, ihr Herz trommelte, sie fragte sich, wie ihre rechte, von ihrem leiblichen Vater herrührende Gesichtshälfte aussehe. Und ob ihr Gesicht alles verriet. In diesem Moment hörte sie das Klicken des Auslösers.

Joseph tat, als wäre nichts geschehen.

»Unsere Gesichter verändern sich«, sagte er, nun mit der Kamera wieder entspannt vor dem Bauch, »je nachdem, welche Seite gerade dominanter ist in uns, die mütterliche oder die väterliche. Unser Gesicht spiegelt das Leben. Die linke, weibliche Seite zeigt, wie wir ihm mit unserem Gefühl, unserer Intuition, unserer Kreativität begegnen. Die rechte, tendenziell männliche, zeigt Logik, Kontrolle, Angst. Wenn wir uns erkennen wollen, hilft es aber nicht, uns im Spiegel anzusehen. In ihm sehen wir immer nur inszenierte Szenen, zusammengeschnitten von der Regie unseres Unbewussten, einmal unserer Eitelkeit, einmal unserer Scham. Echt spiegelt uns nur die Fotografie, nur der aus der Wahrheit gerissene Moment. Vor dem Spiegel fängt der Selbstbetrug ja schon damit an, dass wir uns seitenverkehrt sehen. Ein Leben lang tun wir das.«

»Aha«, sagte Hakim, »vielleicht haben die Leute deshalb so oft ein falsches Bild von sich, weil sie im Badezimmer einen Spiegel hängen haben und keinen Schnappschuss von sich. Tschuldigung, Joseph«, ergänzte Hakim gespielt kleinlaut, »ich wollte nur auch was Vorbildliches sagen.«

Joseph schwenkte die Kamera zu ihm und drückte ab.

»Als Fotograf«, fuhr Joseph fort und fokussierte Julia, »war das menschliche Gesicht immer das Größte für mich. Es zeigt alles, bis ins letzte Unentdeckte. Darum«, sagte Joseph, »lassen sich viele Indigene noch immer nicht gerne fotografieren, sie wollen ihr Innerstes schützen. Das menschliche Gesicht, sagen sie, sei wie ein Brunnen. Schaue man tief bis an den Grund, erkenne man alles, selbst das Heiligste, die Quelle. Sie glauben, im menschlichen Gesicht ist der Ursprung von allem zu finden.«

»Heute plauderst du aber ganz schön aus dem fotophilosophischen Nähkästchen, mein Lieber«, sagte Hakim. Joseph schwenkte erneut die Kamera zu ihm. Und drückte ab.

Als sich Julia an diesem Abend von den beiden alten Männern verabschiedete, bat Joseph sie, kurz zu warten, er habe etwas für sie. Ein Geschenk, ein Kuvert mit zwei alten Bildern. »Sie gehören dir«, sagte Joseph. Er sah Julia auf eine Weise an wie noch nie. »Öffne den Umschlag erst, wenn du daheim bist.«

Julia schaffte es, das Kuvert nicht aufzureißen, während sie den Weg hügelabwärts über den Ottakringer Friedhof nahm. Sie schaffte es, nicht nachzusehen, welche Bilder Joseph ihr geschenkt hatte, während sie in der Straßenbahn saß und die Ottakringer Straße stadteinwärts rollte. Schaffte es, nicht, nicht, nicht nachzusehen, während sie zum Yppenplatz ging.

Im Stiegenhaus nahm Julia fliegend zwei Stufen auf einmal: im ersten Stock, im zweiten, im dritten und – herzdonnernd – auch im vierten. Keuchend, schwitzend, kreidebleich und dem Tod gewiss viele Stufen näher gekommen, warf sie die Wohnungstür hinter sich zu, hastete, ohne die Schuhe auszuziehen, zur Couch, ließ sich fallen und riss das Kuvert auf. Zwei großformatige Schwarz-Weiß-Fotografien waren darin. Das erste Foto zeigte ein Paar, der Mann musste Joseph sein, ja, Joseph als junger Mann. Die Frau war ihm zärtlich zugewandt, aber ihr Gesicht verdeckt. Julia zog – warum zitterten plötzlich ihre Hände, was ahnten ihre Hände? – zog das zweite Bild hervor. Es war das Gegenstück des ersten, der Fotograf musste einen Halbkreis um das Paar gegangen sein. Nun war der Mann, war Joseph, abgewandt, das Gesicht der jungen Frau hingegen klar zu erkennen. Das also hatten ihre Hände schon gewusst. »Ach, Mama«, sagte Julia.

# – 7 –

Auf den Live-Bildern war zu sehen, dass das Luftschiff der Besucher von einem Moment auf den anderen nicht mehr über dem Meer stand. Es wirkte, als wäre das Schiff mittels eines technischen Kniffes nahtlos aus dem Bild entfernt worden. Erst die Zeitlupenaufnahmen aus großer Distanz zeigten, wie es von seiner Position über dem Ozean mit unvorstellbarer Geschwindigkeit lotrecht in den Himmel blitzte.

Sind sie jetzt weg? Einfach so?! War's das?

Die Menschheit war hochgradig verstört. Denn die Besucher hatten sich nicht verabschiedet. Sie hatten zwar bis zuletzt höflich Fragen beantwortet, mitunter auch nebensächlich bis affig wirkende, doch mit keiner Silbe hatten sie ihren Aufbruch angedeutet. Und auch keinen letzten Gruß an die Menschheit gerichtet, keine Ratschläge oder Aufträge oder zehn Gebote. Nichts. Umso mehr Augenmerk wurde auf jene Frage gelegt, die sie entschieden hatten, als letzte zu beantworten. Irritierend freilich war, dass wohl keine Frage so ungeeignet für eine Schlussbotschaft war wie diese letzte. Die letzte Frage nämlich, die sich die Reisenden aus der unendlichen menschlichen Wissbegier zur Beantwortung ausgewählt hatten, war: Was wäre eure Lieblingsspeise, wenn ihr menschlich wärt? Und die Antwort der intergalaktischen Besucher war: Germknödel mit Mohn.

Das, ausgerechnet das sollte nun die finale Nachricht sein? Die letzten historischen Worte der Raum- und Zeitreisenden?

»Aufs Marketing verstehen sie sich nicht so gut«, befand Joseph.

»Sie sind halt bescheiden und haben einen bodenständigen Geschmack«, meinte Hakim.

»Unglaublich«, sagte Julia. »Die sind einfach weg! Ohne ein Wort!«

»Germknödel mit Mohn«, sinnierte Hakim.

Was, begannen sich die Menschen nach und nach zu fragen, hat uns der Besuch der Reisenden eigentlich gebracht? Was wird sich groß ändern, nun, nachdem sie spurlos verschwunden sind? Und was haben uns all die Fragen an sie gebracht? All die Fragen an diese unsichtbar gebliebenen Wesen, die wie aus dem Nichts kamen und gottgleich wieder ins Nichts verschwanden. Was?! Ahnten wir ihre Antworten nicht ohnehin – abgesehen von der epochenverändernden bezüglich ihres irdischen Germknödel-Geschmacks? Wussten wir nicht ohnehin vieles bereits zuvor? Etwa dass wir Menschen alle eins sind, mehr als nur Schwestern und Brüder; dass Mitgefühl mit anderen Mitgefühl mit uns selbst bedeutet; dass

Liebe unser Zentrum ist, unsere stärkste Kraft. Ja, schöne Worte waren das, schöne Wahrheiten, aber was halfen sie? Sie hatten ja bisher schon nichts geholfen. Man musste sich doch bloß den Zustand der Welt vor Augen führen.

Die Besucher, meinten andere, haben uns ja nicht einmal ihren Namen verraten. Nicht einmal ihren Namen! Und gezeigt hätten sie sich auch nicht. Als wollten sie unnahbar bleiben, als sollten wir uns kein Bildnis machen von ihnen. Aber Hauptsache, sie betonten immerfort, dass wir ihre Kinder seien! Bei allem, was wirklich nützlich gewesen wäre, hielten sie sich bedeckt: keine Lösung für die Wasserknappheit, die Dürren, Überschwemmungen, die Hungerkatastrophen, die Armut, die neuen Krankheiten, die Gewalttätigkeiten und die Kriege.

Neben den Enttäuschten gab es aber auch Menschen mit neuer Hoffnung. Durch viele ging ein Ruck. Der Besuch der Fremden hatte ihre Sichtweisen verändert. Auf das Größte und auf das Kleinste. Auf das Universum und sich. Auf die mögliche Herkunft von allem – und das mögliche Ende von allem. Alleine die Antwort auf die Frage, was nach dem Tod passiere – hatten die Besucher doch ebenso schlicht wie spektakulär geantwortet: Nach dem Tod passiert, was ihr wollt.

Auffällig dieser Tage war, dass sich das Gerücht hielt, wonach Wissenschaftlerinnen und Wissenschaftler vermehrt Geistesblitze hatten, die sich bei der Bewältigung der großen Herausforderungen als nützlich herausstellen könnten. Diese Expertinnen und Experten, die von spontanen Eingebungen und plötzlich auftauchenden Lösungsansätzen berichteten, arbeiteten in den unterschiedlichsten Disziplinen, den entferntesten Weltgegenden. Praktisch alle jedoch galten als ökologisch oder sozial engagiert. Und außergewöhnlich viele von ihnen waren Frauen.

In Wien war die Nacht nach der Abreise der Besucher stockdunkel und sternenlos. Regenwolken hingen über der Stadt. Noch war es trocken, doch in die große Linde zwischen Hakims und Josephs Garten fuhr bereits ruckartig der Wind. Joseph hatte Julia eine Decke übergelegt.

Beide empfanden eine neue Vertrautheit, aber auch eine neue Befangenheit. Still betrachteten sie einander. Hoffentlich erwähnt er die Fotos von Mutter und sich nicht, dachte Julia, hoffentlich lässt er uns einfach noch Zeit dafür.

Hoffentlich, dachte Joseph, will Julia nicht wissen, was das alles jetzt ändert für uns beide. Ich hab doch keine Ahnung, gar keine Ahnung hab ich, dachte Joseph.

»Mitten im Sommer und so frisch«, sagte Hakim, »sollen wir reingehen?«

»Ich find's schön hier heraußen«, antwortete Julia. »Außerdem ist das mit uns dreien auf der Terrasse und den Öllichtern schon so eine nette Tradition. Aber wenn dir kalt ist, Hakim, können wir uns zusammenkuscheln.«

»Dann hol ich für dich halt auch eine Decke«, murrte Joseph und trottete davon.

Hakim zwinkerte Julia zu.

Als Joseph zurückkam und Hakim eine Decke um die Schultern drückte, griff der Wind bereits bis in die Nische der Terrasse. Die Flämmchen der Öllampen erzitterten.

»Wirst du auch noch zu uns kommen, wenn Joseph und du euer Projekt mit dem Fotoband fertig habt?«

»Sicher, Hakim!«, rief Julia. »Was täte ich denn ohne euch an meinen Single-Abenden? Wir könnten auch einmal in die Sternwarte rübergehen. Ihr wart doch schon ewig nicht mehr dort, stimmt's? Und es sind ja nur ein paar Schritte. Wir könnten in den Nachthimmel schauen, unseren verschwundenen Besuchern hinterher.«

»Ich hätte sogar einen Schlüssel«, sagte Joseph, »noch von früher, als ich einmal einen größeren Betrag gespendet hab.«

»Du hast einen Schlüssel und nutzt ihn nicht?«, reagierte Julia. »Du könntest dir von der Warte aus jede Nacht die Sterne anschauen!«

»Wenn du da bist«, sagte Joseph und stockte, denn er hatte auf den Lippen gehabt, wenn du da bist, sind die Sterne ohnehin ganz nahe. Aber das wäre zu dick aufgetragen gewesen und womöglich hätte Julia es auch noch falsch interpretiert. Und er hatte es ja nur nett, einfach nur sehr nett gemeint. »Wenn du da bist«, stammelte Joseph, »ist es einfach so auch gut, oder?«

Plötzlich, wie auf ein Signal, erlosch der Wind. Nicht der leiseste Hauch blieb. Als hielte die Welt erschrocken den Atem an. Hakim, Julia und Joseph wechselten Blicke. Unmittelbar darauf stoben Hunderte Krähen aus der Linde.

»Hört euch das an! Wieso fliegen mitten in der Nacht die Vögel so hektisch durch die Gegend?« Julia, Hakim und Joseph starrten in den pechschwarzen Himmel.

»Und was ist das jetzt?«, fragte Joseph. »Hört ihr das?«

»Katzen«, sagte Hakim, »da miauen eindeutig Katzen. Und wie!«

»Klingt, als käme es aus deinem Häuschen«, sagte Julia.

»Aber meine drei können es nicht sein, die miauen nie.«

»Klingt aber danach, klingt ganz eindeutig danach«, sagte Joseph und da veränderte sich von einem auf den nächsten Moment die Atmosphäre um sie. Es war, als wäre der Raum mit einem Mal weiter, mit einem Mal milder.

Das Miauen der Katzen hatte aufgehört.

Kein Vogel war zu hören.

Kein Blättchen regte sich.

Joseph und hinter ihm Julia und Hakim traten von der Terrasse in den Garten und sahen nach oben. Und da stand es, schemenhaft, in wuchtiger Höhe, in einem unwirklichen Licht aus spiegelgleichem Silber.

»Joseph«, flüsterte Hakim, »Joseph, mach ein Foto.«

Joseph lief zum Terrassentisch zurück, holte seine Kamera. Er zögerte, dann drückte er den Auslöser, drückte mehrere Male den Auslöser.

Das Wolkensilber erlosch. Es war wieder finster um Hakim, Julia und Joseph, die Luft gewann ihre gewohnte Atmosphäre zurück. Sanft bewegten sich die Blätter der Linde, die Krähen kehrten heim zu ihren Schlafplätzen. Erste Regentropfen fielen.

# – 8 –

Tags darauf schmiss Hakim die Eingangstür hinter sich zu, eilte durch sein mit Rosenbögen und Jasmin gestaltetes Gärtlein, schritt durch Josephs grob vernachlässigten, kaum noch Garten zu nennenden Wiesenacker und traf seinen alten Freund auf der Terrasse an. Vor ihm auf dem Tisch – unübersehbar – eine nach unten gedrehte Fotografie.

Julia kam aus dem Haus.

»Du bist schon da!«, rief Hakim erfreut.

»Bin gerade vorhin gekommen, aber keine Sorge, Joseph hat mir noch keines der Fotos von gestern Nacht gezeigt.«

»Wir haben auf dich gewartet«, sagte Joseph.

»Oh, wie spannend! Und? Sind die Bilder was geworden?«

»Ja, einige sind was geworden«, sagte Joseph, »aber ich hab nur das wichtigste entwickelt.« Joseph legte die Hände auf das großformatige Foto, hob es nach kurzem Innehalten an und zeigte das Motiv Julia. Danach legte er die Aufnahme auf den Tisch. Julia, ausschließlich Julia war auf dem Bild zu sehen. Sie blickte nach oben in die gestrige Nacht, nach oben, zu den intergalaktischen Besuchern.

»Wie schön«, sagte Hakim.

»Und das Schiff?«, fragte er.

»Das Schiff hab ich nicht fotografiert«, antwortete Joseph.

Hakim sah zu Julia.

»Das Schiff«, sagte Hakim, »hat er nicht fotografiert.«

»Schien mir nicht so wichtig«, sagte Joseph.

»Schien ihm nicht so wichtig«, wiederholte Hakim.

…

»Du, Joseph?«, sagte Hakim.

»Ja?«

»Ich bin ein bisserl sehr stolz auf dich, mein Freund.«

»Okay.«

Joseph und Hakim versuchten Julias Reaktion abzuschätzen, sahen sie an, ihre bewegten Lippen, ihren Blick.

»Lasst uns«, sagte sie leise, »gemeinsam zur Linde gehen und nach oben in den Himmel schauen.«

Die beiden alten Männer nickten, als wäre zur Linde zu gehen und nach oben in den Himmel zu sehen das einzig Vernünftige, ja das einzig Denkmögliche, was nun zu tun war.

Ungelenk stand Joseph neben Julia.

»Na komm schon.« Julia nahm ihn bei der Hand. Hakte sich dann unter bei ihm. Und danach auch bei Hakim.

Zu dritt gingen sie durch den verwilderten Garten zur Linde, um sich an ihren Stamm zu lehnen und den Blick nach oben zu richten. Am helllichten wolkenlosen Himmel würde nichts zu sehen sein als der helllichte wolkenlose Himmel. Aber doch der Himmel, der gestern über der alten Linde ein schier unglaubliches Luftschiff gehalten hatte. Niemand hatte es gefilmt oder fotografiert in dieser letzten Nacht über Wien. Wer allerdings achtsam Julia Sterns Foto betrachtete, erkannte es. Als unwiederbringliche Silberhelle in ihren Pupillen.

# EPILOG

Die interstellaren Besucher.

Sie waren fort und kamen nicht wieder. Auch nicht nach Wien. Auch nicht auf Germknödel mit Mohn. Über ihre Botschaften brach bald Deutungsstreit unter den Menschen aus. »Wir sind ihre wahren Kinder«, riefen die einen. »Nein wir«, erbosten sich die anderen. Wie die Sache ausging, kann man sich denken. Aber immerhin, es gab in nächster Zeit eine Reihe an brauchbaren Erfindungen. Sie retteten der Menschheit wieder einmal den Arsch. Bis auf Weiteres.

***

Die Stille der Welt.

Hakims Katzen Ataraxia, Aponia und Eudämonia wurden nach der Nacht, in der das Luftschiff von Wien aus ins All verschwand, nie wieder miauen gehört. Sosehr Hakim sie auch belauschte, sosehr er auch die Ohren spitzte, die drei verputzten mit genießerischer Freude ihr Futter (weiterhin nur das eine), knabberten es auch zärtlich aus Hakims und Julias Hand, doch sie blieben still. Still, wie Wesen nicht von dieser Welt.

***

Der Rest des Alls.

Zu den achthundertdreiundsiebzig Trilliarden bewohnten Planeten kamen zuletzt achthundertzweiundzwanzigtausendeinhundertachtundneunzig hinzu, besiedelt etwa von Aminosäuren und Einzellern. Und zwölftausenddreihundertsiebenundsiebzig Planeten, gerade noch von Homo-sapiens-ähnlichen Lebensformen belebt, galten abrupt wieder als unbewohnt. Das ewige Auf und Ab in der universalen Statistik eben.

***

In einem Garten in Wien.

Julia Stern, Hakim Elvedin und Joseph Wasserstein trafen einander nach dem Tag, der zum Gedenken an die interstellaren Besucher als Goodbye-Day in die Weltgeschichte eingehen sollte, noch viele Male im Garten Josephs und, als es kühler wurde in Wien, im gemütlichen Häuschen Hakims.

Julia und Joseph sprachen nie aus, was sie verband. Aber sie wussten, was sie wussten. Das reichte. Und so, wie Hakim die beiden mitunter ansah, wusste er es freilich auch.

***

Nur zwei Fotos.

In ihrer Wohnung am Yppenplatz hatte Julia das Foto aufgestellt, das Joseph von ihr gemacht hatte. Nie zuvor hatte sie sich so gesehen. Auf diesem Bild sah sie, wer sie immer schon gewesen war. Auf diesem Bild mochte sie sich. Neben ihr Foto stellte sie eines von Papa. Aus Liebe und Respekt ihm gegenüber stellte sie kein Foto von Joseph auf. Josephs Foto, sagte sich Julia, ist das, das er von mir gemacht hat.

***

Sterns Lächeln.

Dieser verdammte Joseph Wasserstein, dieser hinterhältige Schweinehund, hatte Julias Papa, Franz Stern, einst geflucht. Und obwohl er sich Dutzende Male gesagt hatte, dass es letztlich doch einerlei sei, ob Julia nun seine leibliche Tochter war oder nicht – sie bleibe doch so oder so sein liebstes, sein einziges Kind –, beschloss er während einer schlaflosen Nacht, doch den Vaterschaftstest zu machen. An dem Tag, als das Kuvert eintraf, bekam Franz Stern, nachdem er die Laboranalyse mit stockendem Atem gelesen hatte, sein Grinsen nicht mehr aus dem Gesicht.

***

Fuß an Fuß.

Julia Stern schrieb ein einfaches Büchlein über ihre Begegnung mit Joseph Wasserstein und seinem besten alten Freund Hakim Elvedin. Wenig später musste Julia den Ottakringer Friedhof, diese vielleicht schönste Fußgängerzone Wiens, nicht mehr durchqueren, um Joseph und Hakim zu besuchen. Kurz vor ihrem Tod hatten die beiden alten Männer beschlossen, sich in ihren Gräbern Fuß an Fuß zu betten. So hätten sie es, sagten sie, noch weniger weit als bisher, um einander zu sehen.

***

Rasen mähen.

Die Erde stürzte um die Sonne, Dunkles ums Licht, als Joseph Wasserstein ein befreiendes Gefühl von Endzeitlichkeit ergriff. Hakim fand ihn leblos in seinem Garten liegend. Inmitten der Wiese hatte er eine Schneise gemäht. Er war nicht weit gekommen, das Gras stand viel zu hoch, aber ein paar Meter waren es; eine kleine Schneise der Ordnung inmitten des Chaos. Diese Vergeblichkeit, diese wundervolle Vergeblichkeit, hatte Joseph über das Leben gedacht. Den Gedanken müsse er unbedingt Julia erzählen, müsse er unbedingt teilen mit ihr, nahm Joseph sich vor. Und dann sah er sich, Rasen mähen, gemeinsam mit Julia, seiner Tochter Julia.

Seligkeit glitt über sein Gesicht. Sein Körper lag in der sauberen, kurzen Bahn, die er gemäht hatte. Rundum stand kniehoch das Gras.

***

Hakims Katzen.

Hakim hatte nach Josephs Tod und seinem eigenen Unfall monatelang noch getanzt, im Kopf wundersam schwebend getanzt. Nach dem Winter, am ersten Frühlingstag, folgte er seinem alten Freund.

Hakims Katzen nahm Julia zu sich in die kleine Dachwohnung am Yppenplatz. Ataraxia, die weiße. Aponia, die schwarze. Und Eudämonia, die rote.

Bis heute führt kein Aufzug in den letzten Stock.

# DANKSAGUNG

BB!

Danke dem Tänzer Nazir Merzo für seine herzlich beschwingte Art, mir freies Tanzen, Kichererbsensalat und das Schweben im Raum nahezubringen.

Danke dem Fotografen Erich Reismann für die Perspektive aus Licht und Schatten und seine erhellenden Erfahrungen aus drei Jahrzehnten Porträtfotografie.

Wolfgang, ich kann dir gar nicht genug danken für deine Nachsicht mit mir, deine kluge Hilfe, deine Freundschaft.

Danke Malina, für unsere abermalige Rettung.

## Mehr von Thomas Sautner

Thomas Sautner
Das Mädchen an der Grenze
*Roman*
*148 Seiten, gebunden, ISBN 978-3-7117-2047-4*

*»›Das Mädchen an der Grenze‹ hebt mit feinen Beobachtungen über Sinn und Unsinn von Grenzen sowie einer schönen Geschichte über gelebte Menschlichkeit an.«* FALTER

*»Souverän nimmt Sautner die Perspektive des Kindes ein. Auch die genaue Kenntnis des nördlichen Waldviertels macht die Beschreibung der Orte von Malinas Kindheit besonders.«* DER STANDARD

*»Für Malina fallen die Grenzen zwischen Traum und Wirklichkeit. All das ist anrührend und poetisch – ein großes Leseerlebnis. Thomas Sautner erzählt nicht nur von Sinn und Unsinn von Grenzen, sondern auch von einem ›eigen-artigen‹ Kind und der polternden Liebe seines Vaters.«* KLEINE ZEITUNG

Picus Verlag Wien